全唐詩植物學

全唐詩植物學

潘富俊◎著

目次

【前言 喻依芳菲，吟詠唐人詩歌

唐代文學在中國歷史上最為鼎盛，特別是詩歌，繼承周朝《詩經》、《楚辭》，賡續漢魏六朝餘風，下開五代、兩宋詩風。唐詩產量多、境界高、技巧純熟，可說是中國詩歌的黃金時代。根據清朝康熙四十四年（西元一七〇五年）由彭定求、沈三曾、楊中訥、汪士鋐、汪繹、俞梅、徐樹本、車鼎晉、潘從律、查嗣瑮等十人奉敕編校的《御定全唐詩》，收錄兩千三百餘作者共四萬九千零三十六首詩，共計九百卷，作者上自帝王貴族、文士官吏，下至和尚、道士、尼姑、妓女都有。作品之多、內容之豐富，遠遠超越以前任何時代。後來從《全唐詩逸》、《補全唐詩》、《補全唐詩拾遺》、《全唐詩補逸》、《全唐詩續補遺》等書，又增補四千多首詩。

唐詩對後代文學的影響很大，直到現代依然不減。歷代文獻所引、文字所徵，許多有名及常用的詩句多出自唐詩，以下列舉耳熟能詳的唐詩名句略窺豹斑：

但見新人笑，哪聞舊人哭？（杜甫〈佳人〉）

冠蓋滿京華，斯人獨憔悴。（杜甫〈夢李白〉）

兩小無（嫌）猜。（李白〈長干行〉）

慈母手中線，遊子身上衣……誰言寸草心，報得三春暉。（孟郊〈遊子吟〉）
抽刀斷水水更流，舉杯消愁愁更愁。（李白〈宣州謝脁樓餞別校書叔雲〉）
丹青不知老將至，富貴於我如浮雲。（杜甫〈丹青引贈曹將軍霸〉）
在天願作比翼鳥，在地願為連理枝。（白居易〈長恨歌〉）
同是天涯淪落人，相逢何必曾相識。（白居易〈琵琶行〉）
天生我才必有用，千金散盡還復來。（李白〈將進酒〉）
海內存知己，天涯若比鄰。（王勃〈杜少府之任蜀川〉）
野火燒不盡，春風吹又生。（白居易〈草〉）
出師未捷身先死，長使英雄淚滿襟。（杜甫〈蜀相〉）
花徑不曾緣客掃，蓬門今始為君開。（杜甫〈客至〉）
此情可待成追憶，只是當時已惘然。（李商隱〈錦瑟〉）
心有靈犀一點通。（李商隱〈無題〉）
春蠶到死絲方盡，蠟炬成灰淚始乾。（李商隱〈無題〉）

唐詩中有很多典故與比喻，典故多出自四書五經如《詩經》、《楚辭》、《禮記》、《尚書》，以及史書如《史記》、《漢書》等；也有出自《水經注》、《山海經》等著作的故事情節。只要勤於閱讀，翻閱相關典籍，詩中的涵義、典故應可迎刃而解。然而比喻則多取材自經驗及常識，不容易靠閱讀解決，尤其唐詩用植物作為「喻依」的情形比比皆是，把不容易形容或表達的話，藉植物或其他事物來解喻。因此，要確切洞悉唐詩涵義，必須認識詩中植物的種類、形態和所代表的意義。

在《全唐詩》中，出現植物種類共有三百九十八種之多。提到次數最多的植物為柳樹，共出現三千四百六十三首。柳，應指栽植極為普遍的垂柳，唐詩中有時也以楊、垂楊等名稱出現；其次為竹，共出現三千三百二十四首；排名第三是松，共出現三千零一十八首；第四至第十分別為荷、桃、苔、桂、蘭、梅、菊。唐詩的植物中，有承襲自《詩經》、《楚辭》引述的種類；也有唐代以前文獻所未見、分布於黃河流域和長江流域的原生植物；部分植物如石榴、葡萄等，是漢代才引進中土的；也有當代經貿易或其他人類活動從外國引入的植物，如美人蕉（紅蕉）、茉莉等；其餘尚有唐代版圖向南擴充後，才出現南嶺以南的熱帶及亞熱帶植物，此類南方的「新」植物包括榕樹、刺桐、木棉、橄欖、桄榔、芋等。

唐代版圖擴大，歷史內涵豐富、文化底蘊深厚，鉅帙《全唐詩》詩篇數量龐大，內容繁瑣雜沓。本書依唐代版圖的空間分布及歷史文化縱深，將《全唐詩》植物內容區分成三大類：

第一類：唐朝地理分布——包括長安及其近郊、黃河流域中下游、西北及北方要塞、長江流域、荒遠的福建、廣東、廣西和海南等。

第二類：歷史事件——三國之成都及安史之亂之四川、唐明皇與楊貴妃、張騫通絲路的影響等。

第三類：文化與生活——送別與思念、衣物原料與染色、蔬菜與糧食、鮮果與乾果、生活藥材、鄉村田野生活等。

期望藉由植物內容的提示，達到提綱挈領的功能，讓讀者在短時間內管窺《全唐詩》的精華。

第一章 錦繡都城

唐代長安

長安是歷史著名都城，位於今西安市西北。周、秦、漢、隋、唐等十多個朝代皆建都於此，作為首都有長達一千二百年歷史。盛唐時期，長安已是當時世界最大最繁華的國際大都市，流動及居住人口總數約達一百五十萬人，而外國人口占五十萬。唐時文人多聚集於此，唐詩描述長安的篇章很多，如沈亞之〈春色滿皇都〉、孟郊「一日看盡長安花」也可一窺唐時長安處處花團錦簇。

長安宮城

唐代長安城由宮城、皇城和外郭城所組成：中央是皇帝居住的宮城，宮城南邊是官員辦公的皇城，宮城、皇城之外是百姓官員居住的外城。宮城主要有三座：太極宮、大明宮和興慶宮，稱「三大內」。唐詩中描述植物最多的宮城是大明宮，其次是興慶宮。

興慶宮原是唐玄宗早年任臨淄王時的藩邸，擴建後，唐玄宗和楊貴妃長期在此居住。盛唐後此宮成為安置太上皇和太后的場所。

隋時京城稱大興城，城中鑿池稱「芙蓉池」。唐玄宗時引滻水，經黃渠自城外南來注入曲江，稱「曲

江池」，池邊御花園名「芙蓉園」。唐代皇帝每年在芙蓉園賜宴新科進士，飲酒作樂，此即「曲江流飲」。記錄其盛況如劉滄〈及第後宴曲江〉、王維〈敕賜百官櫻桃〉及杜甫〈曲江對酒〉等。

長安外郭城及近郊

長安城遍布佛寺與道觀，著名的有大雁塔（慈恩寺）、小雁塔（薦福寺）、青龍寺等。郊外有渭河、

灞橋等勝景。

大雁塔位於大慈恩寺內，又名「慈恩寺塔」。唐貞觀二十二年（西元六百四十八年），太子李治奏請太宗敕建佛寺，以報答慈母恩德，太宗賜名「慈恩寺」。建成之初，迎請高僧玄奘擔任上座法師。大雁塔所在的大慈恩寺是玄奘專門從事譯經和藏經之處。許多唐詩記述大雁塔，如杜甫〈同諸公登慈恩寺塔〉、白居易〈酬元員外三月三十日慈恩寺相憶見寄〉等。

小雁塔位於薦福寺內，又稱「薦福寺塔」。小雁塔建於唐中宗景龍年間（西元七百〇七年至七百一十年），是為安置從天竺取經而返的唐代高僧義淨而建。

渭河古稱渭水，是黃河的第一大支流，在陝西省潼關匯入黃河。王維〈送元二使安西〉：「渭城朝雨浥輕塵，客舍青青柳色新。勸君更盡一杯酒，西出陽關無故人。」傳唱千古。

灞橋古時是由長安通往潼關、蒲津關、藍田關的交通要道，也是從中原進入長安的必經之路。灞河兩岸築堤植柳，「灞橋折柳贈別」始於漢朝，唐時更在灞橋端設立驛站，專供送別之用。

長安都城及近郊的植物

根據《全唐詩》，大明宮、太極宮、興慶宮等宮城內的花園，種有泡桐、梨、盧橘、葡萄、苔、牡丹、松、桃、木槿等觀賞植物；湖泊內栽種有柳、荷、蘋等植物。曲江的御花園「芙蓉園」栽種柳、櫻桃、桃、李、芍藥、杏、棗、杞柳、盧橘、竹等多種花木果樹；曲江池的水域種植菖蒲、荇菜、荷等水生植物。長安外郭城之大雁塔、小雁塔和其他著名佛寺之庭院，以及近郊之渭河、灞橋等，都有詩人記錄其勝景和分布的植物。後世意欲修復長安城或建造唐代西安、表現唐代景觀，此章出現的植物種類或可作為參據。

芙蓉闕下會千官，紫禁朱櫻出上闌。
纔是寢園春薦後，非關御苑鳥銜殘。
歸鞍競帶青絲籠，中使頻傾赤玉盤。
飽食不須愁內熱，大官還有蔗漿寒。

——王維〈敕賜百官櫻桃〉

唐代皇帝常在御花園賞賜新科進士櫻桃。王維此詩記述此盛宴，除了賞賜櫻桃，大官還另賜有甘蔗汁。

櫻桃樹是唐時的重要果樹，在皇城及近郊廣泛栽培。白居易〈酬韓侍郎張博士雨後遊曲江見寄〉記載曲江池邊的櫻桃園：「小園新種紅櫻樹，閒繞花行便當遊。何必更隨鞍馬隊，衝泥蹋雨曲江頭。」孫逖〈和詠廨署有櫻桃〉「上林天禁裡，芳樹有紅櫻。江國今來見，君門春意生」說明官邸、街坊都種有櫻桃。

櫻桃不只是果樹，開花時更受詠頌，白居易應是對此最有感受，多首詩作描述櫻桃花，〈感櫻桃花因招飲客〉：「櫻桃昨夜開如雪，鬢髮今年白似霜。漸覺花前成老醜，何曾酒後更顛狂？」及〈同諸客攜酒早看櫻桃花〉：「曉報櫻桃發，春攜酒客過。綠餳黏盞杓，紅雪壓枝柯。」白居易〈吳櫻桃〉「含桃最說出東吳，香色鮮農氣味殊」，「含桃」亦指櫻桃。

【識別特徵】

今名：櫻桃

學名：*Prunus pseudocerasus* Lindl.

Cerasus pseudocerasus（Lindl.）G. Don.

科別：薔薇科

落葉灌木或小喬木。葉互生，葉卵圓形至卵狀橢圓形，長七至十六公分，寬四至八公分，邊緣具大小不等的重鋸齒；葉柄近頂端有兩個腺體。花兩性，花三至六朵排成繖房狀或近繖形；花瓣五枚，白色，卵圓形，先端下凹或二裂。核果近球形，紅色，直徑約一公分。主要產地有山東、安徽、江蘇、浙江、河南、甘肅、陝西等。

悵望慈恩三月盡，紫桐花落鳥關關。
誠知曲水春相憶，其奈長沙老未還。

——白居易〈酬元員外三月三十日慈恩寺相憶見寄〉（節錄）

古詩文提到的「桐」可能指梧桐或泡桐。舉凡有關秋天、水井或鳳凰的「桐」，指的是梧桐；而和春天相關，被稱為桐花、紫桐的「桐」，則是泡桐。

唐時長安及其近郊到處都栽植泡桐。白居易此詩寫的是大雁塔周圍種的紫桐；白居易還有一首談及，〈初與元九別後，忽夢見之，及寤，而書適至，兼寄桐花詩；悵然感懷，因以此寄〉：「月前何所有？一樹紫桐花。桐花半落時，復道正相思。」戴叔倫〈送呂少府〉：「共醉流芳獨歸去，故園高士日相親。深山古路無楊柳，折取桐花寄遠人。」和元稹〈送孫勝〉：「桐花暗澹柳惺惚，池帶輕波柳帶風。今日與君臨水別，可憐春盡宋亭中。」分布華、華中、西北地區的蘭考泡桐（*Paulownia elongata* S. Y. Hu.）亦開紫色花，也是詩文所言紫桐的一種。

【識別特徵】

今名：毛泡桐

學名：*Paulownia tomentosa*（Thunb.）Steud.

科別：玄參科

花紫色，又名紫花泡桐。落葉性喬木，高可達二十五公尺。葉對生，廣卵形，長時到三十公分，寬八至三十公分，全緣或三到五淺裂，上表面疏被腺毛，下表面被柔毛。聚繖花序集生成圓錐狀，長達三十公分，小聚繖花序具有三至五朵花；花冠漏斗狀鐘形，三、四月開淡紫色花。蒴果長橢圓形，長三至四點五公分，徑約兩公分。種子具膜狀翅。分布日本、北韓半島及華北、華中、遼寧、華東等地。

天街小雨潤如酥，草色遙看近卻無。
最是一年春好處，絕勝煙柳滿皇都。
——韓愈〈早春呈水部張十八員外〉

《中朝故事》記載唐代曲江畔多柳，號稱「柳衙」。長安及其近郊之龍池、灞橋、渭城等地，到處都有柳樹。韓愈〈早春呈水部張十八員外〉即敘述都城柳樹。沈亞之〈春色滿皇都〉：「何處春輝好，偏宜在雍州。花明夾城道，柳暗曲江頭。」寫曲江的柳樹。大明宮內當然也有柳樹，賈至〈早朝大明宮呈兩省僚友〉：「銀燭朝天紫陌長，禁城春色曉蒼蒼。千條弱柳垂青瑣，百轉流鶯繞建章。」唐明皇居住的興慶宮，龍池畔也都是柳樹，張九齡〈奉和聖制龍池篇〉「岸旁花柳看勝畫，浦上樓台問是仙」就有載錄。

【識別特徵】

今名：垂柳；柳；煙柳；弱柳

學名：*Salix babylonica* L.

科別：楊柳科

落葉喬木，高可達十六公尺小枝細長柔軟下垂。葉互生，披針形或條狀披針形，長八至十六公分，具細鋸齒；托葉披針形。花序先葉開放，或與葉同時開放；雄花序長一點五至二公分，雄蕊二枚。雌花序長達二至三公分，有梗，子房橢圓形，花柱短，柱頭二至四深裂。蒴果長三至四公釐，帶綠黃褐色。分布長江流域及其以南各省區平原地區，華北、東北有栽培。

天上碧桃和露種，日邊紅杏倚雲栽。
芙蓉生在秋江上，不向東風怨未開。

——高蟾〈下第後上永崇高侍郎〉

唐代科舉重視進士，每年辦曲江會款待新科進士。高蟾累試不舉，〈下第後上永崇高侍郎〉句「天上碧桃」、「日邊紅杏」描述曲江會的高不可攀。劉滄中舉後接受皇帝賜宴，寫下〈及第後宴曲江〉「及第新春選勝遊，杏園初宴曲江頭」可見曲江池岸種了杏樹。都城到處都有杏樹，有詩為證：姚合〈杏園〉「江頭數頃杏花開，車馬爭先盡此來」、趙嘏〈喜張瀆及第〉「春風賀喜無言語，排比花枝滿杏園」、李商隱〈日日〉「日日春光門日光，山城斜路杏花香」及紀唐夫〈送溫庭筠尉方城〉「何事明時泣玉瀕，長安不見杏園春」。

【識別特徵】

今名：杏

學名：*Armeniaca vulgaris* Lam.

科別：薔薇科

落葉小喬木。葉片寬卵形或圓卵形，深綠色，長五至九公分，寬四至八公分，葉邊有圓鈍鋸齒；葉柄基部常具一至六腺體。花單生，直徑二至三公分，先於葉開放；花瓣

圓形至倒卵形，白色或帶紅色，具短爪；雄蕊約二十至四十五枚；子房被短柔毛。果實球形，稀倒卵形，稍扁，形狀似桃，直徑約二點五公分以上。杏樹產中國各地，多數為栽培，尤以華北、西北和華東地區種植較多。

木槿花開畏日長，時搖輕扇倚繩床。
初晴草蔓緣新筍，頻雨苔衣染舊牆。

——錢起〈避暑納涼〉（節錄）

木槿又名「朝開暮落花」，只在早上開花，王維〈積雨輞川莊作〉「山中習靜觀朝槿，松下清齋折露葵」；木槿早凋，李商隱〈槿花〉：「風露淒淒秋景繁，可憐榮落在朝昏。未央宮裡三千女，但保紅顏莫保恩。」

木槿在農曆五月（夏初）開始開花，炎暑盛夏大開，故《禮記》〈月令〉云：「仲夏木槿榮」，以為節氣的指標。雖然每朵花壽命極短，但花期甚長，從夏初可開到秋末，所以宋朝詩人張俞怨嘆「如何槿豔無終日，獨依欄干為爾羞」；而白居易〈別元九後詠所懷〉：「零落桐葉雨，蕭條槿花風。悠悠早秋意，生此幽閒中。」可見早秋仍看得到木槿花。

【識別特徵】

今名：木槿

學名：*Hibiscus syriacus* L.

科別：錦葵科

落葉灌木或小喬木。葉卵狀三角形至菱形，長五至十公分，寬二至四公分；三淺裂或不裂，葉緣不整齊齒牙。花單生葉腋；花鐘形，淡紫色、粉紅色或白色，徑五至六公分。蒴果卵圓形，徑約一點二公分，密被星狀毛。產河北、河南、陝西、山東、華中、華南及西南各省，印度、敘利亞亦有分布。

春風上苑開桃李，詔許看花入御園。
香徑草中回玉勒，鳳凰池畔泛金樽。
綠絲垂柳遮風暗，紅藥低叢拂砌繁。
歸繞曲江煙景晚，未央明月鎖千門。

——李紳〈憶春日曲江宴後許至芙蓉園〉

李紳此詩說曲江的御花園中，有桃、李、垂柳，還有「紅藥」，「紅藥」就是芍藥。這首詩也說明芍藥是春天的花。許景先〈陽春怨〉：「芍藥花初吐，菖蒲葉正齊。藁砧當此日，行役向遼西。」敘述的也是春天的景色。

芍藥栽培歷史悠久，夏商周時期即已培育為觀賞植物。宋朝以來十分推崇揚州芍藥，明朝周文華《汝南圃史》稱「揚州之芍藥冠天下」。清朝陳淏子《花鏡》也說「芍藥推廣陵者為天下最」，廣陵即揚州。古人評花：芍藥第一，牡丹第二，謂牡丹為花王，芍藥為花相。因為開花較遲，故又稱為「殿春」。

【識別特徵】

今名：芍藥
學名：*Paeonia lactiflora* Pall.
科別：芍藥科
多年生草本，地下有圓柱形或紡錘形塊根。下部莖生葉為二回三出複葉，上部莖生葉為三出複葉。花大型，有白、紅、粉紅等顏色，花數朵，生莖頂和葉腋，直徑八至十二公分；花型多樣，有單瓣、半重瓣和重瓣等多種花型。蓇葖果頂端具喙。分布東北、華北、陝西及甘肅南部，北韓、日本、蒙古及西伯利亞地區亦產。

宮連太液見滄波，暑氣微消秋意多。
一夜清風蘋末起，露珠翻盡滿池荷。

——王涯〈秋思〉

荷即蓮，蓮即荷，古稱「芙蓉」，形容美女出浴，謂之「出水芙蓉」。《詩經》「彼澤之陂，有蒲菡萏」之稱「菡萏」，《離騷》「制芰荷以為衣兮，集芙蓉以為裳」之稱「荷」與「芙蓉」，《爾雅》則稱「芙蕖」。唐詩稱「荷」者如孟浩然〈夏日南亭懷辛大〉「荷風送香氣，竹露滴清響」；稱「蓮」者如王維〈山居秋暝〉「竹喧歸浣女，蓮動下漁舟」；也有稱「芙蓉」如白居易〈長恨歌〉「歸來池苑皆依舊，太液芙蓉未央柳」。

唐時長安城處處可見荷花，王涯〈秋思〉說的是大明宮內太液池種的荷花。曲江池也種滿荷花，姚合〈和李補闕曲江看蓮花〉「露荷迎曙發，灼灼復田田」、趙嘏〈長安晚秋〉「紫豔半開菊籬靜，紅衣落盡渚蓮愁」和王昌齡〈殿前曲〉「仗引笙歌大宛馬，白蓮花發照池臺」都說明了長安城到處是荷花。

【識別特徵】

今名：荷；蓮

學名：*Nelumbo nucifera* Gaertn.

科別：蓮科

多年生宿根水生草本，根莖（藕）肥大多節。葉盾狀圓形，徑三十至八十公分，表面深綠，面稍帶白粉；葉柄密被刺。花單生，花瓣多數，常呈粉紅色、紅色或白色；瓣由外而內漸小，有時變成雄蕊；雄蕊多數；雌蕊花托表面具多數散生蜂窩狀孔洞，受精後逐漸膨大成為蓮蓬。分布中國各地，自生或栽培於池塘、水田內。俄羅斯、韓國、日本、印度、亞洲南部、大洋洲皆分布。

城上春雲覆苑牆，江亭晚色靜年芳。
林花著雨胭脂濕，水荇牽風翠帶長。
龍武新軍深駐輦，芙蓉別殿謾焚香。
何時詔此金錢會，暫醉佳人錦瑟旁。

——杜甫〈曲江對雨〉

大江南北都有栽培荇菜，唐時長安城及近郊水域常見，杜甫〈曲江對雨〉「水荇」即指荇菜；王維〈青谿〉：「聲喧亂石中，色靜深松里。漾漾汎菱荇，澄澄映葭葦。」表示長安城近郊水池荇菜也多。

荇菜屬淺水性植物，葉片形似睡蓮而小巧別緻，常和荷花、菱等植物共植，儲光義〈采蓮詞〉：「淺渚荇花繁，深潭菱葉疏。獨往方自得，耻邀淇上姝。」荇菜春夏時開黃色花，又名「金蓮子」。儲光義〈江南曲四首其二〉也提到荇菜：「逐流牽荇葉，緣岸摘蘆苗。為惜鴛鴦鳥，輕輕動畫橈。」在江南地區，荇菜（荇葉）和蘆芽（蘆苗）都是名蔬。

【識別特徵】

今名：荇菜

學名：*Nymphoides peltatum*（Gmel.）O. Kuntze

科別：龍膽科

水生多年生草本，枝條有二型，長枝匍匐於水底；短枝從長枝的節處長出。上半部葉對生，其餘互生；葉漂浮水面，葉近圓形，徑五至十公分，基部深裂成心形；葉柄細長而柔軟，基部變寬抱莖。花數朵聚合成繖形花序；花金黃色，五裂，裂片邊緣成鬚狀，裂片口兩側有毛；雄蕊五枚，雌蕊柱頭二裂。蒴果橢圓形，種子邊緣具纖毛。分布中國南北各省，韓國、日本、俄羅斯。

步輦尋丹嶂，行宮在翠微。
川長看鳥滅，谷轉聽猿稀。
天磴扶階迥，雲泉透戶飛。
閑花開石竹，幽葉吐薔薇。
徑狹難留騎，亭寒欲進衣。
白龜來獻壽，仙吹返彤闈。

——沈佺期〈仙蕚池侍宴應制〉

《全唐詩》共有十九首出現石竹，是唐代花園常見花卉。引詩描述御花園繁麗的石竹和薔薇。李端〈宿薦福寺東池有懷故園因寄元校書〉：「暮雨風吹盡，東池一夜涼。伏流回弱荇，明月入垂

楊。石竹閒開碧，薔薇暗吐黃。倚琴看鶴舞，搖扇引桐香。」薦福寺位於長安近郊的小雁塔內。司空曙〈雲陽寺石竹花〉：「野蝶難爭白，庭榴暗讓紅。誰憐芳最久，春露到秋風。」描繪佛寺所栽石竹形態。白居易〈牡丹芳〉「石竹金錢何細碎，芙蓉芍藥苦尋常」、杜甫〈山寺〉「麝香眠石竹，鸚鵡啄金桃」等詩句，都提到石竹和牡丹、芍藥、荷花（芙蓉）等常見花卉。

【識別特徵】

今名：石竹

學名：*Dianthus chinensis* L.

科別：石竹科

多年生草本。莖簇生，高三十公分左右。葉對生，基部合生，抱莖；葉片線狀披針形，葉上表面深綠色，下表面灰綠色。花單生枝端或呈圓錐形聚繖狀，花瓣五瓣，花紅色、粉紅色或白色，先端剪裂成不整齊的淺齒。蒴果圓筒形，包於宿存萼內。花期四到十月。原產東北、華北、長江流域及東南亞地區，分布很廣。

眼前無奈蜀葵何，淺紫深紅數百窠。
能共牡丹爭幾許，得人嫌處只緣多。

——陳標〈蜀葵〉

漢代張衡〈西京賦〉已有提及蜀葵，唐詩開始屢有出現，如陳標〈蜀葵〉；有時稱葵花，如戴叔倫〈嘆葵花〉。《爾雅》謂為戎葵。岑參之〈戎葵花歌〉：「請君有錢向酒家，君不見，戎葵花。」歐陽詹〈答韓十八駑驥吟〉：「芭蕉一葉妖，戎葵一花妍。畢無才實資，手植階墀前。」種芭蕉、蜀葵階前，用巨大綠葉配紅豔蜀葵，是唐代極細緻的景觀配

置。蜀葵也是春天的花卉，和牡丹同時開花，即柳渾吟誦〈牡丹〉詩所言：「近來無奈牡丹何，數十千錢買一棵。今朝始得分明見，也共戎葵不校多。」

【識別特徵】

今名：蜀葵

學名：*Althaea rosea*（L.）Cavan.

科別：錦葵科

二年生直立草本；莖枝密被刺毛。葉互生，葉近圓心形，直徑六至十六公分，掌狀五到七淺裂，葉緣具淺缺刻。花腋生，單生或近簇生，排列成總狀花序式；花大，直徑六至十公分，花色豔麗，有紅、紫、白、粉紅、黃和黑紫等色；單瓣或重瓣。果盤狀，直徑約二公分。

第二章 黃河觀瞻

黃河古稱大河，《史記》《漢書》有載。唐代中葉以後才固定名稱，並簡稱「河」。因流經黃土高原，帶入大量泥沙，使黃河成為世上含沙量最高的河流。夏商周三代主要活動範圍都在黃河流域，唐代亦是，眾多文人在本區生活和遊歷。本章引述的詩文集中在今山東、河南、山西和陝西省境內。

唐詩的山東

濟南自古有「泉城」之譽。城內有四大名泉，還有大明湖及千佛山、五峰山等，構成「一城山色半城湖」。杜甫〈陪李北海宴歷下亭〉有言：「濟南名士多」。

泰山有「天下名山第一」的美譽。從秦始皇登泰山封禪後，歷代帝王都會蒞臨，孔子「登泰山而小天下」，唐詩有杜甫〈望嶽〉、李白〈遊泰山〉、張籍〈華嶽廟〉等。

唐詩的河南

洛陽自夏朝開始，前後有十三個正統朝代建都於此，是建都最長的歷史名城，有「千年帝都，牡丹花城」美稱。許多文人墨客記述洛陽繁華到衰敗的作品，如司空曙〈雪二首其二〉、錢起〈過故洛城〉、杜牧〈故洛陽城有感〉和韋應物〈登高望洛城作〉等。

嵩山是五嶽之一，也是中國佛教禪宗的發源地和道教聖地。唐代詩人都曾賦詩頌揚，如白居易〈送嵩客〉、杜甫〈歸嵩山

作〉、沈佺期〈遊少林寺〉等。

商亡後，伯夷、叔齊二人隱居於首陽山採薇而食，死後也葬於此。歷代推崇備至稱「二賢人」、「二君子」，韓愈、柳宗元、盧綸、吳融等都曾撰文賦詩稱頌。

唐詩的山西

唐詩所稱「蒲州」、「河中」指的是今山西永濟縣，有著名的鸛雀樓，即王之渙「白日依山盡，黃河入海流。欲窮千里目，更上一層樓」所指之樓。

太原古稱晉陽，別稱并州，相關詩篇如李白〈太原早秋〉、李益〈春日晉祠同聲會集得疏字韻〉等。

唐詩的陝西

華山為五嶽之一，被譽為「奇險天下第一山」，也是道教名山，《尚書》有載，《史記》中也有黃帝、堯、舜巡遊華山的事蹟；歷代帝王也曾進行大規模祭祀。隋唐以來文人墨客詠華山的作品不下千餘篇，摩岩石刻亦多達上千處。

中華民族始祖黃帝軒轅氏的陵墓古稱「橋陵」，

漢朝之前稱軒轅廟，漢武帝才改廟為陵。黃帝陵景區面積三百三十三公頃，有千年以上古柏三萬餘株，是中國境內保存最完善的古柏群。

唐詩黃河流域的代表植物

和中原文明有關且主要分布在黃土高原的植物，有造林樹種如：槲樹、櫟、漆樹、楸、華山松、楊等。庭園樹或行道樹如：梧桐、棠梨、圓柏、槐、銀杏等。觀賞花木如：紫荊、丁香、玫瑰等。本區之果樹、糧食作物、蔬菜野菜等性質特殊，或屬於其他歷史意涵的植物，則另有專章敘述。

王屋南崖見洛城，石龕松寺上方平。
半山槲葉當窗下，一夜曾聞雪打聲。
——司空曙〈雪二首〉（其二）

槲樹秋天變黃或呈橙黃色，是秋天景色的代表樹種，李賀〈高平縣東私路〉：「侵侵槲葉香，木花滯寒雨。今夕山上秋，永謝無人處。石磎遠荒澀，棠實懸辛苦。古者定幽尋，呼君作私路。」槲樹有時栽種在庭園中供觀賞，柳宗元〈種木槲花〉：「上苑年年占物華，飄零今日在天涯。只因長作龍城守，剩種庭前木槲花。」

華北地區的黃土高原多槲樹，溫庭筠〈商山早行〉「槲葉落山路，枳花明驛牆」（商山在今陝西商縣）及另一首〈送洛南李主簿〉「槲葉曉迷路，枳花春滿庭」都有提到。

古人所言之槲樹尚包括相近種類如：槲櫟（*Q. aliena* Blume）、蒙古櫟（*Q. mongolica* Fisch）、遼東櫟（*Q. liaotungensis* Koidz.）。

【識別特徵】

今名：槲樹

學名：*Quercus dentate* Thunb.ex Murray

科別：殼斗科

落葉喬木，樹高可達二十五公尺。葉倒卵形，長二十至三十公分，寬十五公分；葉柄極短，長僅二至五公釐，密被絨毛。雄花為細長下垂之柔荑花序；雌花單生，或為二至三花序叢生於枝梢。殼斗碗狀，包圍堅果約二分之一；堅果卵形至橢圓形，長一點五至二點五公分，徑約一一點五公分。主產河北、河南、陝西諸省。

青櫪林深亦有人，一渠流水數家分。
山當日午回峰影，草帶泥痕過鹿群。
蒸茗氣從茅舍出，繰絲聲隔竹籬聞。
行逢賣藥歸來客，不惜相隨入島雲。

——項斯〈山行〉

麻櫟簡稱櫟，「櫪」與「櫟」同，即「老驥伏櫪，志在千里」與韓愈〈山石〉「山紅澗碧紛爛漫，時見松櫪皆十圍」之「櫪」。中國大陸境內，櫟（Quercus）種類有五十餘種，分布範圍極廣。古代櫟多被閒置，認為是無用之材，如歐陽詹〈寓興〉：「桃李有奇質，樗櫟無妙姿。」有時用「櫟」自謙或懷才不遇，蘇東坡〈和穆父新涼〉：「常恐樗櫟身，坐纏冠蓋蔓。」櫟類的堅果稱「橡」，遠古時代，「獸多人少，皆巢居以避之。晝食橡栗，夜棲樹上」。唐代華北地區多櫟樹，李賀〈感諷五首〉「低迷黃昏徑，裊裊青櫟道」即其一。

一般所言之櫟尚包括栓皮櫟（*Q. variabilis* Blume）、小葉櫟（*Q. chenii* Nakai）等。

【識別特徵】

今名：麻櫟

學名：*Quercus acutissima* Carr.

科別：殼斗科

落葉喬木，高可達二十五公尺。葉的形態變異大，通常為橢圓狀披針形，長八至十九公分，寬二至六公分；芒刺狀鋸齒緣；葉柄長二至三公分。葇荑花序，雄花序數穗集生於葉腋；雌花一到三朵簇生於花序軸下部。殼斗杯形，包被堅果約二分之一。堅果卵形或橢圓形，徑一點五至二公分。產東北、華北、華東、華南各省及南海海拔六十至兩千兩百公尺處，北韓、日本、越南、印度也有分布。

下浸與高盤，不為行路難。
是非真險惡，翻覆作峰巒。
漆槐同時黑，朱慚巧處丹。
令人畏相識，欲畫白雲看。

——齊己〈行路難〉（節錄）

中國人自古就懂得種漆、用漆。《詩經》〈唐風．山有樞〉：「山有漆，隰有栗。」〈鄘風．定之方中〉：「樹之榛栗，椅桐梓漆，爰伐琴瑟。」可見春秋戰國時代以前，中國人已開始種漆。《史記．貨殖傳》：「陳夏千畝漆……此其人一千戶侯等。」記載種漆的史實。唐詩也不例外，杜甫〈遣興五首〉（其三）：「漆有用而割，膏以明自煎。蘭摧白露下，桂折秋風前。」描寫割取生漆。王維〈漆園〉：「古人非傲吏，自闕經世務。偶寄一微官，婆娑數株樹。」和李白〈早過漆林渡〉：「西經大藍山，南來漆林渡。水色倒空青，林煙橫積素。」都說明漆是唐代重要的經濟樹種。

【識別特徵】

今名：漆樹

學名：*Rhus verniciflua Stokes*

（Toxicodendron vernicifluum（Stokes）F.A. Barkl.）

科別：漆樹科

落葉喬木，高達二十公尺，植物體有乳汁奇數羽狀複葉，小葉四至六對，互生，長二十五至六十五公分；小葉卵形或卵狀橢圓形或長圓形，長六至十三公分，寬三至六公分。圓錐花序腋生，長十五至三十公分，疏花；花黃綠色，雜性。果序多少下垂，核果腎形或橢圓形，略壓扁，長五至六公釐，寬七至八公釐，外果皮黃色，中果皮蠟質，具樹脂道條紋，果核堅硬。各地多有栽培，雲南、四川、貴州三省的產量最多。

常恨清風千載鬱，洞天令得恣遊遨。
松楸古色玉壇靜，鸞鶴不來青漢高。
茅氏井寒丹已化，玄宗碑斷夢仍勞。
分明有箇長生路，休向紅塵嘆二毛。

——許堅〈題茅山觀〉

楸樹自古即常植於皇宮庭園、寺院廟宇、勝景名園中。古廟常有蒼勁挺拔的千年古楸樹，周公廟和萬壽寺裡的古楸最有名。許堅〈題茅山觀〉、齊己〈西林水閣〉「松楸連塔古，窗檻任閒開」可知松、楸都是庭閣中的高大古樹。楸樹秋葉變黃，有些詩詞與梧桐並提，皎然〈伏日就湯評事衡湖上避暑〉：「回溪照軒宇，廣陌臨梧楸。釋悶命雅瑟，放情思亂流。」

楸樹也是古代重要行道樹，曹植「走馬長楸間」、梁元帝「西樓長楸道」、任昉「臨風長楸浦」。杜甫「霜蹏蹴踏長楸間，馬官廝養森成列」描寫馬行走在種有楸樹的道路上。唐代立秋日，市集有人賞楸葉，取「楸」樹之秋意。

【識別特徵】

今名：楸

學名：*Catalpa bungei* C. A. Mey.

科別：紫葳科

落葉喬木，高可達十五公尺。葉對生，三角狀卵形至卵狀長橢圓形，長六至十五公分，寬六至十二公分，先端長漸尖；全緣，葉面深綠色；葉柄長二至八公分。總狀花序呈繖房狀，有花二至十二朵；合瓣花，花白色，內有紫色斑點。蒴果長二十五至五十公分；種子狹長橢圓形，兩端具長毛。分布黃河流域及長江流域海拔一千公尺以下山區。

懷君屬秋夜，散步詠涼天。
空山松子落，幽人應未眠。
——韋應物〈秋夜寄邱二十二員外〉

松樹在生態上屬於演替中的先驅樹種，種子必須從毬果中散逸到其他的生育地，因此多數種類的松樹種子一端生有長翅，以利散播。但少數種類，種子無翅，且種仁較大，可供食用，所以種子可靠動物傳播，如華山松種子由松鴉（鳥類）傳布。「空山松子落，幽人應未眠」，松子掉落發出聲響，此松必然是種子無翅的華山松。類似情境的唐詩還有白居易〈夏夜宿直〉：

「人少庭宇曠，夜涼風露清。槐花滿院氣，松子落階聲。」皮日休〈惠山聽松庵〉：「殿前日暮高風起，松子聲聲打石床。」

中國境內原產且種子無翅的松除華山松外，尚有：紅松（*P.koraiensis* S. *et* Z.）分布東北地區；新疆五針松（*P. sibirica*（Loud.）Mayr.）分布新疆阿爾泰山；偃松（*P. pumila*（Pull.）Regel）分布東北及西伯利亞。

【識別特徵】

今名：華山松

學名：*Pinus armandi* Franch.

科別：松科

常綠喬木，高可達三十五公尺。葉五針一束，長八至十五公分，柔軟。毬果圓錐狀長卵圓形，長十至二十公分，徑五至八公分，幼時綠色，成熟時淡黃褐色。種子無翅，倒卵形，長一至一點五公分，徑〇點六至一公分，黑色。毬果次年九到十月成熟。分布華中、華北、華南、西南各地海拔一千至兩千公尺山區。

聞說中方高樹林，曙華先照囀春禽。
風雲才子冶遊思，蒲柳老人惆悵心。
石路青苔花漫漫，雪檐垂溜玉森森。
賀君此去君方至，河水東流西日沉。

——盧綸〈和崔侍郎遊萬固寺〉

蒲柳生長於水邊，早秋葉就枯黃，繼而凋落，及至河岸上其他植物出現枯葉，蒲柳葉早已全樹掉落。《晉書・顧悅之傳》：「蒲柳常質，望秋先零。」用蒲柳質性比喻人早衰體質，最早出現在南朝宋劉義慶《世說新語》〈言語〉：「顧悅與簡文同年，而髮蚤白。簡文曰：『卿何以先白？』對曰：『蒲柳之姿，望秋而落；松柏之質，經霜彌茂』。」唐詩盧綸〈和崔侍郎遊萬固寺〉「風雲才子冶遊思，蒲柳老人惆悵心」、杜甫〈上水遣懷〉「孤舟亂春華，暮齒依蒲柳」和李咸用〈和人湘中作〉「年華蒲柳凋衰鬢，身跡萍蓬滯別鄉」等也都是。

根據特性可知蒲柳即今旱柳，另有一說蒲柳為細柱柳（*Salix gracilistyla* Miq.），但此種為二至三公尺灌木，特性不同。

【識別特徵】

今名：旱柳

學名：*Salix matsudana* Koidz.

科別：楊柳科

落葉喬木，高達可達二十公尺。葉披針形，長五至十公分，寬一至一點五公分，先端長漸尖，基部窄圓形或楔形，上面綠色，有光澤，下面蒼白色或帶白色，有細腺鋸齒緣；葉柄短，長五至八公釐。花序與葉同時開放；雄花序圓柱形，長一點五至二點五公分，雄蕊二枚；雌花序較雄花序短，長達二公分。果序長達二公分。分布東北、華北、西北、華中各省。

露冕行春向若耶，野人懷惠欲移家。
東風二月淮陰郡，唯見棠梨一樹花。

——劉商〈送元使君自楚移越〉

「甘棠」為今之棠梨或杜梨。春季滿樹開白色花，引詩描寫一樹白色棠梨花，非常壯觀。韓翃〈送客水路歸陝〉「春橋楊柳應齊葉，古縣棠梨也作花」一句，棠梨應即庭園樹。駱賓王〈在獄詠蟬序〉「邵伯之甘棠」典出《詩經》〈召南．甘棠〉。召（邵）伯為周宣王大臣，住所有一株聽訟之甘棠（棠梨），離職後，民眾懷念其治績，就精心保護這株樹，並建廟紀念之，謂之「甘棠遺愛」。自此用「甘棠」稱頌賢吏，讚揚德政和對民情的體恤。白居易〈別州民〉：「耆老遮歸路，壺漿滿別筵。甘棠無一樹，那得淚潸然？」也在說明自己對百姓有貢獻，以「甘棠」來表示耆老不願白居易離去的真情。劉禹錫〈送王司馬之陝州〉「暫輟清齋出太常，空攜詩卷赴甘棠」則是勉勵王司馬要當好官。

【識別特徵】

今名：棠梨；杜梨

學名：*Pyrus betulaefolia* Bunge

科別：薔薇科

落葉喬木，高四至十公尺。葉互生，菱狀卵形、卵圓形至長卵形，長五至八公分，寬約三公分；粗銳鋸齒緣；葉柄長二至五公分。總狀花序，六至十五朵花聚成繖形狀；花瓣白色先葉開放，花瓣五枚。梨果近球形，徑〇點五至一公分，褐色布有斑點。主產黃河流域，即華北、西北各省。

群峰過雨澗淙淙，松下扉扃白鶴雙。
香透經窗籠檜柏，雲生梵宇濕幡幢。
蒲團僧定風過席，葦岸漁歌月墮江。
誰語此生同寂滅，老禪慧力得心降。

——顧況〈宿湖邊山寺〉

圓柏在《全唐詩》共出現八十三首，稱「檜」或「栝」，兩者都是圓柏的古名。顧況〈宿湖邊山寺〉一詩說明湖邊山寺栽種的圓柏稱作檜。常建〈仙谷遇毛女意知是秦宮人〉「入溪雙峰峻，松栝疏幽風」和皇甫冉〈初出沅江夜入湖〉「放溜出江口，回瞻杉栝深」句中的「栝」即檜。

古庭院、古寺廟多有千年古柏。皇甫冉〈曾東遊以詩寄之〉「古寺杉栝裡，連檣洲渚間。煙生海西岸，雲見吳南山」說的是中國古來多配植圓柏於廟宇、陵墓作園景樹或墓道樹。

【識別特徵】

今名：圓柏

學名：*Juniperus chinensis* Linn.

科別：柏科

常綠喬木或灌木，高達二十公尺；樹冠尖塔形或圓錐形，老樹則成廣卵形或鐘形。葉深綠色，鱗葉菱形。雌雄異株或同株。毬果近圓球形，當年、翌年或三年成熟，肉質，不開裂，徑六至八公釐。主要分布西北至陝西，甘肅南部亦有分布。

千里河煙直，青槐夾岸長。
天涯同此路，人語各殊方。
草市迎江貨，津橋稅海商。
回看故宮柳，憔悴不成行。

——王建〈汴路即事〉

槐樹原產於中國，也稱國槐、家槐。「芝蘭玉樹」、「玉樹臨風」、曹植詩「綠蘿綠玉樹」，「玉樹」皆指槐樹。鄭世翼〈登邙山還望京洛〉「青槐夾馳道，迢迢修且曠」，可見唐時京洛馳道兩旁種的都是槐樹。有時種在運河或溪流兩岸，即引詩所言。

《全唐詩》槐樹共出現三百一十五首，占第二十三位。古代公署也種很多槐樹，唐時「天街兩畔多槐，俗號為槐衙」。樹幹巨大的古槐樹特別多，駱賓王〈在獄詠蟬序〉「有古槐數株焉」、元稹〈遣悲懷〉「野蔬菜充膳甘嘗藿，落葉添薪仰古槐」。槐也是古代三公宰輔之位的象徵，亦泛指執政大臣；槐府是指三公的官署或宅第；槐第是指三公的宅第。

【識別特徵】

今名：槐樹

學名：*Sophora japonica* L.

科別：蝶形花科

落葉喬木，株高可達二十五公尺。奇數羽狀複葉，互生，小葉七至十七枚，卵形至披針狀卵圓形，長三至六點五公分，寬一點二至三公分。圓錐花序頂生；花冠黃白色，長一至一點五公分，蝶形花冠。莢果念珠狀，長三至八公分，肉質，不開裂，經冬不落。分布東北、西北、西南等。

今春有客洛陽回，曾到尚書墓上來。
見說白楊堪作柱，爭教紅粉不成灰？

——白居易〈燕子樓〉

楊及柳雖關係密切，但畢竟有別。「楊」葉寬大，枝勁而揚起；「柳」葉細長，枝稍柔軟下垂。楊樹在中國境內約有六十種左右，白楊樹姿雄壯，冠形優美，是華北地區最常見的楊樹。古人用白楊表示墓地，象徵死亡或淒涼的心情，唐詩也有多首言及此義：趙徵明〈挽歌詞〉

「人間痛傷別，此是長別處。曠野多蕭條，青松白楊樹」、白居易〈覽盧子蒙侍御舊詩多與微之唱和感今傷昔因贈子蒙題於卷後〉：「相看淚眼情難說，別有傷心事豈知。聞道咸陽墳上樹，已抽三丈白楊枝。」都是用白楊代表死亡和墳墓。白居易〈燕子樓〉詩說的是墳上的白楊樹已經大到可以作支柱了。

【識別特徵】

今名：白楊

學名：*Populus bonatii* Levl.

科別：楊柳科

落葉大喬木，高達二十公尺。樹皮灰綠色或灰白色葉大小形狀頗多變異，常三角狀卵形，長約五至八公分，邊緣有不規則鋸齒，上面深綠色，下面有灰白色絨毛。葇荑花序，雌雄異株，花先葉開放；雄花序長十一點五公分；雌花序長七至十五公分。蒴果橢圓狀紡錘形。種子生多數長細毛。分布黑龍江、吉林、遼寧、內蒙古、河北、山西、河南、陝西、四川等地。

雲侵壞衲重隈肩，不下南峰不記年。
池裡群魚曾受戒，林間孤鶴欲參禪。
雞頭竹上開危徑，鴨腳花中擿廢泉。
無限吳都堪賞事，何如來此看師眠。

——皮日休〈題支山南峰僧〉

中國種植銀杏歷史悠久，銀杏葉片狀似鴨掌，古詩常稱「鴨腳」。皮日休〈題支山南峰僧〉句中之鴨腳指的就是銀杏。一般詩文還是稱銀杏，元稹〈奉和浙西大夫李德浴述夢四十韻大夫本題言贈于夢中詩賦以寄一二僚友故今所和者亦止述翰苑舊遊而已次本韻〉「借騎銀杏葉，橫賜錦垂萄」。

【識別特徵】

今名：銀杏

學名：*Ginkgo biloba* L.

科別：銀杏科

落葉喬木，樹高可達二十五到四十公尺。葉片扇形，呈二分裂或全緣。雌雄異株，雄球花四到六，花藥黃綠色；雌球花梗端分為二叉，胚珠着生其上，通常僅一個叉端的胚珠發育成種子。種子具長梗，下垂，常為橢圓形、長倒卵形、卵圓形或近圓球形，長二點五到三點五公分，徑為二公分；內種皮骨質，白色。

江城物候傷心地，遠寺經過禁火辰。
芳草壠邊回首客，野花叢裡斷腸人。
紫荊繁豔空門晝，紅藥深開古殿春。
嘆息光陰催白髮，莫悲風月獨沾巾。

——李紳〈建元寺〉

南朝梁吳均《續齊諧記》記載有田家兄弟三人要分家，「惟堂前一株紫荊樹，共議欲破三片。」第二天紫荊樹居然枯死，大哥對兄弟說：「樹本同株，問將分斫，所以憔悴，是人不如木也。」三人決定不分家，樹也「應聲榮茂」，紫荊因此成為兄弟骨肉情深的象徵。唐詩竇蒙〈題弟臮述書賦後〉：「受命別家鄉，思歸每斷腸。季江留被在，子敬與琴亡。……庭前紫荊樹，何日再芬芳。」和杜甫〈得舍弟消息〉：「風吹紫荊樹，色與春庭暮。花落辭故枝，風回返無處。骨肉恩書重，漂泊難相遇。猶有淚成河，經天復東注。」都用紫荊表達對兄弟的思念。

紫荊在唐代也普遍栽植，引詩可見佛寺院內繁花覆蓋的紫荊樹。白居易〈晚春重到集賢院〉「官曹清切非人境，風月鮮明是洞天。滿砌荊花鋪紫毯，隔牆榆莢撒青錢」，則可見官家庭院沿階種紫荊。

【識別特徵】

今名：紫荊

學名：*Cercis chinensis* Bunge

科別：蝶形花科

落葉小喬木，高達十五公尺。單葉互生，葉近圓形，長六至十四公分，葉端急尖，葉基心型，全緣。花四至十朵簇生於老枝上或成總狀花序，花玫瑰紅色。莢果長橢圓形至狹披針形，長五至十四公分，沿腹縫線有窄翅。種子二至八顆，扁圓形，近黑色。分布華北、西北、華南、華中各省。

紫桐花幕碧雲浮，天許文星寄上頭。
武略劍峰環相府，詩情錦浪浴仙洲。
丁香風裡飛箋草，邛竹煙中動酒鉤。
自古名高閒不得，肯容王粲賦登樓。
——章孝標〈蜀中上王尚書〉

《全唐詩》有二十七首提到丁香，可見丁香也是唐代重要的觀賞灌木花卉，李賀〈難忘曲〉：「夾道開洞門，弱楊低畫戟。簾影竹華起，簫聲吹日色。蜂語繞妝鏡，拂蛾學春碧。

亂繫丁香梢，滿欄花向夕。」李商隱〈代贈二首〉：「樓上黃昏欲望休，玉梯橫絕月如鉤。芭蕉不展丁香結，同向春風各自愁。」皆以丁香表達思念之情。

丁香在中國已有一千多年的栽培歷史，是中國的名貴花卉。因花筒細長如釘且香故名，大多數種類枝葉繁茂、花色淡雅而清香。

【識別特徵】

今名：丁香花

學名：*Syringa oblate* Lindl.

科別：木犀科

常綠喬木，植株高二至八公尺。葉對生，葉片長卵形或長倒卵形，長五至十公分，寬二點五至五公分。花兩性，呈頂生或側生的圓錐花序，花芳香。花色紫、淡紫或藍紫，紫的是紫丁香，白的是白丁香，白丁香為紫丁香變種。蒴果長橢圓形。北起黑龍江，南到雲南，東到遼寧，西至川、藏均產之，而以秦嶺地區為其分布中心。

芳菲移自越王台，最似薔薇好並栽。
穠豔盡憐勝彩繪，嘉名誰贈作玫瑰。
春藏錦綉風吹拆，天染瓊瑤日照開。
為報朱衣早邀客，莫教零落委蒼苔。

——徐夤〈司直巡官無諸移到玫瑰花〉

唐詩中的玫瑰有時指紅色玉石，如劉禹錫〈傷秦姝行〉「青牛文梓赤金簧，玫瑰寶柱秋雁行」、溫庭筠〈織錦詞〉「此意欲傳傳不得，玫瑰作柱朱弦琴」。溫庭筠〈握柘詞〉「楊柳縈橋綠，玫瑰拂地紅」說的則是花卉玫瑰，齊己〈薔薇〉「根本似玫瑰，繁英刺外開」也是。

玫瑰的原種，枝條柔弱軟垂且多密刺，小葉表面有明顯網紋。唐詩所言玫瑰都指此。長孫佐輔〈古宮怨〉：「窗前好樹名玫瑰，去年花落今年開。無情春色尚識返，君心忽斷何時來。」李建勳〈春詞〉：「日高閒步下堂階，細草春莎沒繡鞋。折得玫瑰花一朵，憑君簪向鳳凰釵。」等皆是。

【識別特徵】

今名：玫瑰

學名：*Rosa rugosa* Thunb.

科別：薔薇科

落葉或常綠灌木，高可達二公尺；枝條密生銳刺。葉為奇數羽狀複葉，小葉卵形，葉脈下陷、有褶皺，網脈明顯。花數朵叢生或單生，花梗短，花色淡紫。花色由於雜交，常呈現不同變化，有白色、黃色、深黃與黃混合色、杏色、橘紅、淡粉、粉紅、深粉紅、紅色、黑紅、紅混合、紫紅、赤褐色等色系。原產中國華北地區，山東、甘肅、昆明、遼寧、河北、新疆和田等。

第三章 邊塞絕塵

邊塞詩的產生背景

唐代國家統一國力強盛，疆域廣闊，在國界與邊疆各民族常有交流，但塞外民族因生活較困苦而想進入中原掠奪，因此常發生爭端，以致戰爭連綿不絕。唐代在邊界設有邊防，有些文人嚮往新奇的邊疆生活和邊塞風光，也期望從軍為國立功、施展才華與抱負。在這種背景下，產生許多邊塞詩，一方面表現當時社會現象，抒懷詩人心中情感；一方面撰寫邊地嚴寒氣氛，記述邊疆地區艱險特殊的山川風貌。

唐代邊塞

唐代在邊界要塞都有軍隊駐守，唐詩出現較重要的關塞區域有今之甘肅、新疆、內蒙古、山西等省區。

甘肅邊關有秦州、涼州、敦煌、臨洮等地。秦州在今甘肅天水境內，漢代到唐代都是邊境，戰事頻繁。唐肅宗乾元二年（七百五十九年），杜甫攜眷至此，寫下〈秦州雜詩二十首〉；涼州在今甘肅武威，自古就是絲路重鎮。岑參、李益曾駐守此地，岑參寫了〈登涼州尹台寺〉，李益寫了〈邊思〉等詩。王維也曾在此任職，創作〈涼州郊外遊望〉等；敦煌為歷史文化名城，歷來為絲路重鎮，是通往西域門戶的玉門關及陽關之所在地，岑參、王維都

曾寫有此地的邊塞詩，如岑參〈敦煌太守後庭歌〉。

與新疆有關的唐詩邊關主要是輪台和高昌。輪台在今新疆，岑參寫有〈輪台即事〉和〈首秋輪台〉等詩。

內蒙古的豐州，即陰山所在，漢唐以來即是重要邊塞要地。著名的唐詩，王昌齡〈出塞〉：「秦時明月漢時關，萬里長征人未還。但使龍城飛將在，不教胡馬度陰山。」背景在此地。

山西的邊關出現在唐詩的頻率很高，如雲州、雁門關、并州等。雲州在今山西大同市，是唐代著名的邊塞前哨，李賀、常建等人在此都有詩作，如常建〈塞上曲〉。雁門關在山西雁門關鎮西的雁門山上，東西兩山峭壁對峙，其形如門，形勢非常險要。唐代常有詩文述及，如許棠〈雁門關野望〉、莊南傑〈雁門太守行〉等。

邊塞地區植物

邊塞均位於黃河以北、西北的乾旱地區，地處寒溫帶，生長的植物必須耐寒、耐旱，少有喬木種類，只有榆樹、黃榆、油松等。大多屬游牧區，農地絕少，有些地方戰爭頻繁，遍布荒廢地，生長的植物多為生態上的先驅種，草本植物有蓬、蒿、白草等，鹹濕地有蘆葦，灌木則多黃荊、棘（酸棗）、枸杞等具刺樹種。

正是天山雪下時，送君走馬歸京師。
雪中何以贈君別，惟有青青松樹枝。
——岑參〈天山雪歌送蕭治歸京〉（節錄）

松在《全唐詩》中共出現三千零一十八首，僅次於柳和竹，為第三多。南朝陶景宏在庭院種滿松樹，為聽「松濤聲」，說「每聞其響，欣然為樂」。王維〈酬張少府〉：「晚年惟好靜，萬事不關心。自顧無長策，空知返舊林。松風吹解帶，山月照彈琴。君問窮通理，漁歌入浦深。」讚揚松風解情；岑參〈自潘陵尖還少室居止，秋夕憑眺〉「草堂近少室，夜靜聞風松」也是聽松風。山風製造松聲，頗受推崇，王勃〈詠風〉「肅肅涼風生，加我林壑清……日落山水靜，為君起松聲」。

【識別特徵】

今名：油松

學名：*Pinus tabulaeformis* Garr.

科別：松科

常綠喬木，高達三十公尺。葉二針一束（偶三針），長六至十五公分，粗硬。雄球花圓柱形，長一點二至一點八公分，聚生於新枝下部呈穗狀。毬果卵形或卵圓形，長四至九公分，有時尾部歪斜，鱗臍短刺狀，毬果常在枝條上宿存六至七年。種子長六至八公釐，連翅長一點五至二公分。中國特有樹種，主要分布河北、山西、河南及內蒙古一千至一千六百公尺山區。

邊霜昨夜墮關榆，吹角當城漢月孤。
無限塞鴻飛不度，秋風捲入小單于。

——李益〈聽曉角〉

戰國時期，北方邊塞多植榆為圍柵。秦統一中國後，為防止匈奴入侵，在現今陝西省榆林栽植很多榆樹稱榆林塞。引詩「關榆」指邊關的榆樹。唐代許多邊塞地區都種榆樹，岑參〈輪台即事〉：「輪台風物異，地是古單于。三月無青草，千家盡白榆。」韓偓〈并州〉「戍旗青草接榆關，雨裡并州四月寒」。

榆樹在春暖時長出一串串形圓薄如錢幣的果實，故得名榆錢。岑參〈戲問花門酒家翁〉：「老人七十仍沽酒，千壺百甕花門口。道旁榆莢仍似錢，摘來沽酒君肯否。」施肩吾〈戲詠榆莢〉：「風吹榆錢落如雨，繞林繞屋來不住。知爾不堪還酒家，漫教夷甫無行處。」說的是清明節前後四處掉落的榆錢。

【識別特徵】

今名：白榆

學名：*Ulmus pumila* L.

科別：榆科

落葉喬木，高達二十五公尺。單葉互生，卵狀橢圓形至橢圓狀披針形，長二至九公分，寬一點二至三點五公分，緣多重鋸齒。花兩性，花先葉開放，多數為簇生的聚繖花序，生於上一年生枝的葉腋。翅果寬倒卵形，長一到一點五公分，被短柔毛，先端具凹缺；種子位於翅的中央，周圍具膜質翅。主要分布在東北、西北、華北、華東等地，多生於海拔一千公尺以下河流兩岸、山麓和田邊。

邊庭流血成海水，武皇開邊意未已。
君不聞漢家山東二百州，
千村萬落生荊杞。

——杜甫〈兵車行〉（節錄）

在華北的乾燥地區或更北、更西的塞北地區，黃荊經常與長刺的酸棗（棘）生長在一起。古人在開田闢地時，需伐除到處漫生的黃荊、酸棗及其他有刺灌木，謂之「披荊斬棘」，成為後世常用成語。白居易〈傷唐衢〉「天高未及聞，荊棘生滿地」描寫荒蕪之地長滿黃荊與酸棗；高適〈古大梁行〉：「古城莽蒼饒荊榛，驅馬荒城愁殺人。魏王宮觀盡禾黍，信陵賓客隨灰塵。」荒城莽原，黃荊、榛子特別多；引詩描述兵荒馬亂到處都是黃荊及枸杞。黃荊可取之當門板（荊扉），也拿來當薪材用，如韋應物〈寄全椒山中道士〉所說的「澗底東荊薪」。

【識別特徵】

今名：黃荊

學名：*Vites negundo* L.

科別：馬鞭草科

落葉灌木；小枝細長，呈四稜形，全株有香味。掌狀複葉對生，小葉三至五枚，長圓狀披針形至披針形，長約七公分，寬約二公分；由於分布範圍大，葉形變異極大，小葉有全緣、疏鋸齒緣、粗鋸齒，以及刻狀鋸齒者。花聚繖花序排成圓錐花序式；花小型，花冠淡紫色。核果近球形，徑約〇點二公分，黑褐色。分布華北、西北、華南各省，亦分布於非洲東部及南亞、東亞、東南亞等地。

貴人皆怪怒，閒人亦非訾。
天高未及聞，荊棘生滿地。
唯有唐衢見，知我平生志。
一讀興嘆嗟，再吟垂涕泗。

——白居易〈傷唐衢〉（節錄）

酸棗（棘）和黃荊（荊）常共同生長在荒廢地，故常謂開疆闢土為「披荊斬棘」。杜甫〈哀王孫〉：「問之不肯道姓名，但道困苦乞為奴。已經百日竄荊棘，身上無有完肌膚」，在長滿荊棘中竄逃百日，當然遍體鱗傷。戰亂後的廢墟也常長滿酸棗叢，如陸龜蒙〈吳宮懷古〉：「香徑長洲盡棘叢，奢雲豔雨只悲風。」酸棗也常和蓬蒿類植物共同生長在荒野，白居易〈村居苦寒〉：「北風利

如劍，布絮不蔽身。唯燒蒿棘火，愁坐夜待晨。」

「棘」原指酸棗，心材近紅色，「棘心赤，其刺外向」，象徵臣子對君主的赤誠。因此，周代外朝左右都要種九棘（九棵酸棗），規範群臣思想行為。法官也要像棘，懷著赤誠之心審理管司，即「樹棘槐，聽訟於其下」。

【識別特徵】

今名：酸棗

學名：*Zizyphus jujuba* Mill. var. *spinosa*（Bunge）Hu *ex* Chow

科別：鼠李科

落葉灌木或小喬木，高一至四公尺；小枝「之」字形曲折。刺有二種，一種直伸，長達三公分；另一種常彎曲，長約五公釐。葉互生，脈三出，橢圓形至卵狀披針形，長二公分，寬〇點五至一公分。花黃綠色，二至三朵簇生於葉腋。核果近球形，徑〇點六至一點二公分，熟時暗紅，味酸，核兩端鈍。產東北、華北、華中、華南各省及新疆等地，野生山坡、曠野或路旁。

古城莽蒼饒荊榛，驅馬荒城愁殺人。
魏王宮觀盡禾黍，信陵賓客隨灰塵。

——高適〈古大梁行〉

李白〈古風〉：「大雅久不作，吾衰竟誰陳？王風委蔓草，戰國多荊榛。」施肩吾〈冲夜行〉：「夜行無月時，古路多荒榛。山鬼遙把火，自照不照人。」皆可見戰地和古路多荒榛。

【識別特徵】

今名：榛

學名：*Corylus heterophylla* Fisch. *ex* Trautv.

科別：樺木科

落葉灌木或小喬木，高一至七公尺。葉圓卵形至倒卵形，長四至十三公分，寬二點五至十公分，頂端凹缺或截形；邊緣具不規則的重鋸齒。雌雄同株，雄花排列成柔荑花序，單生，長約四公分；雌花包於花芽內，花黃褐色。堅果單生或二到六枚簇生成頭狀；總苞包被堅果。堅果近球形，果皮堅硬，長七至十五公分。分布吉林、河北、山西、遼寧、陝西、黑龍江等地，西伯利亞、日本、北韓亦產。

「榛」有時寫成「蓁」，李賀〈老夫采玉歌〉：「老夫飢寒龍為愁，藍溪水氣無清白。夜雨岡頭食蓁子，杜鵑口血老夫淚。」

黃土高原及塞北地區，荒廢地多生長黃荊（荊）、酸棗（棘）以及榛子（榛）。白居易〈遊石門澗〉：「石門無舊徑，披榛訪遺跡。時逢山水秋，清輝如古昔。」

五城何迢迢，迢迢隔河水。
邊兵盡東征，城內空荊杞。

——杜甫〈塞蘆子〉（節錄）

枸杞常生於山坡、荒地，杜甫〈兵車行〉：「邊亭流血成海水，武皇開邊意未已。君不聞漢家山東二百州，千村萬落生荊杞。」枸杞雖常野生，但因用途廣泛，民眾早進行栽培。「葉如石榴葉，堪食，俗稱甜菜」，嫩葉可食；寒山

〈詩三百三首〉「暖腹茱萸酒，空心枸杞羹」和貫休〈送僧歸天台寺〉「莫折枸杞葉，令他拾得嗔」都說明採集枸杞的嫩葉可作羹湯。

【識別特徵】

今名：枸杞

學名：*Lycium chinensis* Mill.

科別：茄科

落葉蔓性多分枝灌木，高〇點五至一公尺，有棘刺。葉互生或二至四枚簇生，卵形至卵狀披針形，基部楔形，長一點五至五公分，寬〇點五至二點五公分。花一至四朵簇生葉腋；花冠漏斗狀，合瓣花，長九至十二公釐，淡紫色。漿果長橢圓狀卵形，長〇點五至一點五公分，紅色。產華北、華中及東南各省，常生於山坡、荒地、丘陵地、鹽鹼地、路旁及村邊宅旁。

林僻來人少，山長去鳥微。
高秋收畫扇，久客掩荊扉。
懶慢頭時櫛。艱難帶減圍。
將軍猶汗馬，天子尚戎衣。
白蔣風飆脆，殷檉曉夜稀。
何年減豺虎，似有故園歸。

——杜甫〈傷秋〉

檉柳又名三春柳、觀音柳、紅柳，產於西北乾旱地區及沙漠，如樓蘭舊地和西夏故城等。根長可達幾十公尺，可吸到深層地下水，還能在鹽鹼地上生長。檉柳還不怕沙埋，能適應河邊流沙環境，于鵠〈山中訪道者〉「觸煙入溪口，岸岸唯檉櫟。其中盡碧流，十里不通屐」，詩中「檉櫟」之「檉」，即檉柳。李頎〈魏倉曹東堂檉樹〉：「愛君雙檉一樹奇，千葉齊生萬葉垂。長頭拂石帶煙雨，獨立空山人莫知。」描述檉柳枝葉纖細懸垂，開著紫紅花穗的勝景。

【識別特徵】

今名：檉柳

學名：*Tamarix chinensis* Lour.

科別：檉柳科

小喬木或灌木，高三至六公尺；幼枝稠密細弱，常開展而下垂，嫩枝繁密纖細，懸垂。葉甚小，呈鱗片狀，長〇點二五至〇點四公分。總狀花序長三至五公分，組成頂生大圓錐花序；花多數，花瓣五枚，粉紅色。蒴果長約三點五公釐，三瓣裂。產於黃河及長江流域以至兩廣、雲南等地平原、沙地及鹽鹼地，為鹽土地區重要的造林樹種。

朔雪飄飄開雁門，平沙歷亂捲蓬根。
功名恥計擒生數，直斬樓蘭報國恩。

——張仲素〈塞下曲五首〉（其三）

秋風一起，常連根拔起，隨風滾動，謂之「轉蓬」，李商隱〈無題〉「嗟余聽鼓應官去，走馬蘭臺類轉蓬」。「枯蓬」象徵荒涼淒清，白居易〈青塚〉：「上有饑雁號，下有枯蓬走。茫茫邊雪裡，一掬沙培塿。」因其「遇風則飛」，名之「飛蓬」。《詩經》〈衛風〉之「首如飛蓬」，用飛蓬喻亂髮，也是家喻戶曉的用語。

王昌齡〈塞下曲〉：「昔日長城戰，咸言意氣高。黃塵足今古，白骨亂蓬蒿。」此蓬和蒿都不是特定的植物。到處漂泊的浪人稱孤蓬，李白〈送衣人〉「此地一為別，孤蓬萬里征」即為一例。用蓬草枝葉編成的門戶謂為「蓬門」，形容窮人的住家，杜甫〈客至〉：「花徑不曾緣客掃，蓬門今始為君開。」

【識別特徵】

今名：飛蓬

學名：*Erigeron acer* L.

科別：菊科

二年生草本，高可達五十公分。葉互生，倒披針形，長二至十公分，寬〇點三至一點二公分，兩面被硬毛，頂端鈍或尖，基部漸狹成長柄。頭狀花集成繖房狀或圓錐狀；外圍小花舌狀，長五至七公釐，淡紫紅色，或白色；中間為管狀花，兩性花，黃色。瘦果長圓披針形，長約一點八公釐，扁壓。廣泛分布，北自內蒙古、東北，南至青海，西自新疆、西藏，東至河北等地均產之，常生於山坡草地，牧場及林緣，海拔一千四百至三千五百公尺。

飲馬渡秋水，水寒風似刀。
平沙日未沒，黯黯見臨洮。
昔日長城戰，咸言意氣高。
黃塵足今古，白骨亂蓬蒿。

——王昌齡〈塞下曲〉

中國境內蒿類植物約有八十種，分布範圍廣，大部分種類屬於荒廢地先驅種。王昌齡〈塞下曲〉描繪戰爭後，平沙落日的寂寥，戰場上白骨成堆、蓬蒿遍布的荒蕪淒涼景象。歷代詩文大多蓬蒿並提，劉長卿〈穆陵關北逢人歸漁陽〉：「城池百戰後，耆舊幾家殘。處處蓬蒿遍，歸人掩淚看。」蓬蒿出現之處都是荒涼場所。

【識別特徵】

今名：青蒿

學名：*Artemisia carvifloia* Buch.-Ham. *ex* Roxb.
Artemisia apiacea Hance

科別：菊科

一年生草本；高達一點五公尺。葉互生，暗綠色或棕綠色，蜷縮易碎，基生葉與莖下部三回羽狀分裂，裂片呈線狀披針形，有長葉柄，花期葉掉落；中上部葉片一至二回羽葉，裂片長圓形。花集生成展開之圓錐花序；花淡黃色，均為管狀花。瘦果橢圓形，長約〇點七公釐。分布東北、河北、陝西、山東、華中、華南及西南各省之低海拔、潮濕的河岸砂地、山谷、林緣。

北風卷地白草折，胡天八月即飛雪。
忽如一夜春風來，千樹萬樹梨花開。
散入珠簾濕羅幕，狐裘不暖錦衾薄。
將軍角弓不得控，都護鐵衣冷難著。

——岑參〈白雪歌送武判官歸京〉（節錄）

白草秋冬之際，全株乾枯，遠望呈灰白色，故名。岑參〈白雪歌送武判官歸京〉和〈過燕支寄杜位〉「燕支山西酒泉道，北風吹沙捲白草」都提到白草，象徵北地寒風下詩人的艱苦心境。高適〈送渾將軍出塞〉：「黃雲白草無前後，朝建旌旗夕刁斗。塞上應多俠少年，關西不見春楊柳。」說明塞北只能看到黃雲和白草。馬戴〈易水懷古〉：「荊卿西去不復返，易水東流無盡期。落日蕭條薊城北，黃沙白草任風吹。」敘述邊疆只有黃沙和白草。岑參〈使交河郡郡在火山腳其地苦熱無雨雪獻封大夫〉：「鐵關控天涯，萬里何遼哉。煙塵不敢飛，白草空皚皚。」白草道盡征人的消沉和絕望。

【識別特徵】

今名：白草

學名：*Pennisetum flaccidum* Griseb

科別：禾本科

多年生禾草，高三十至一百二十公分。葉片線形，長十至二十五公分，寬〇點三至一點五公分。花序頂生，穗狀圓柱形，長五至二十公分，有許多分枝；小穗卵狀披針形，成熟時脫落；雄蕊三枚。穎果長圓形，長約二點五公釐。分布東北、華北、西北、西藏等地，俄羅斯、日本、中亞、西亞也有，喜生在山坡或路旁較乾燥處生育地。

第四章 蜀地風華

蜀地崇山峻嶺，周圍有大別山、米倉山和龍門山等，和中原地區交通困難，原是極端荒涼的偏遠地區。漢代以後逐漸開發，隋唐時社會安定、經濟逐步發展而進入政經全盛時期。封閉性地域讓戰亂時的破壞較少，因此當中原地區出現大動亂，蜀地的政經地位便相對提高。多位大唐皇帝曾入蜀避難，

如唐玄宗避天寶之亂、唐德宗避朱泚之亂，以及唐僖宗避黃巢之亂等。蜀地勢險要，易守難攻，有「劍門棧道之險，瞿塘三峽之隘」。

唐代錦官城

唐代錦官城即今成都。

武侯祠（諸葛亮的專祠）建於唐以前，初與漢昭烈帝廟（祭祀劉備）相鄰，明朝初年重建時連同惠陵併入，形成君臣合祀、祠堂與陵園合一的格局，現今統稱武侯祠，是中國唯一君臣合祀祠廟。杜甫〈蜀相〉「丞相祠堂何處尋，錦官城外柏森森」指的是武侯祠內大量的柏樹。

杜甫為避「安史之亂」在西元七五九年冬天攜家帶眷輾轉來到成都。次年春於浣花溪（即錦江）畔蓋了茅屋「杜甫草堂」，居處古樸典雅，規模宏偉，周圍喬木參天，竹林成籬，溪流蜿蜒。目前室內陳設仍

保留當時樣貌。屋前石桌石凳是杜甫和朋友吟詩下棋的地方。

望江樓古建築群臨浣花溪，是紀念唐代女詩人薛濤的園林建築，為歷史文化名城成都的標誌。相傳薛濤曾在此汲取井水，以木芙蓉樹皮為原料，手製詩箋「薛濤箋」，園內尚存有薛濤井。薛濤愛竹，區內也以竹為特色，竹品種多達百餘種。

薛濤原是長安人，隨父宦居蜀中。自幼聰穎，能詩善文又諳音律。父喪後，家貧，十五歲編入樂籍。後得到西川節度使韋皋賞識，出入官府。做過校書郎，時稱女校書。薛濤有詩五百首，和同時期的詩人元稹、

白居易、令狐楚、裴度、杜牧、劉禹錫、張籍等，都有詩作互相唱和。

唐詩蜀地植物精華

唐詩在蜀地的植物敘述大多圍繞在錦官城，即成都。杜甫在成都完成數百首詩作，其中多首描述草堂內外分布的植物，赤楊（榿木）、竹、白茅、紫薇等，唐詩中提及赤楊僅出現於四川。薛濤則引述了木芙蓉、金燈花（金花石蒜）等。武侯祠有關的唐詩植物則是諸葛亮在劉備墓手植的柏樹。蜀地相關詩作植物還有楠木、棕櫚、茶、芸香草等。

承相祠堂何處尋？錦官城外柏森森。
映階碧草自春色，隔葉黃鸝空好音。
三顧頻煩天下計，兩朝開濟老臣心。
出師未捷身先死，長使英雄淚滿襟。

——杜甫〈蜀相〉

柏木類可生長在寒冷的地方，和松一樣「不凋於歲寒」，自古即受倚重推崇。中國文學作品中的「柏」有兩種：一為側柏（*Thuja orientalis* L.），一為柏木。柏樹不怕風雪、堅毅挺拔，向來就有正氣、高尚、長壽、不朽的含意。柏也是忠貞的象徵，忠臣墓前都會栽植，如杭州岳飛墓的「忠貞柏」。而蜀地以劉備墓前諸葛亮手植的柏樹最出名，是古今忠貞象徵的極致，唐詩有多首述及，李商隱〈武侯廟古柏〉「蜀相階前柏，龍蛇捧閟宮」、杜甫〈夔州歌十絕句〉（其九）「武侯祠堂不可忘，中有松柏參天長」及〈古柏行〉「孔明廟前有老柏，柯如青銅根如石。霜皮溜雨四十圍，黛色參天二千尺」及〈蜀相〉，都是流傳千古的名詩。

【識別特徵】

今名：柏木

學名：*Cupressus funebris* Endl.

科別：柏科

喬木，高達三十五公尺，樹皮平滑帶紅色，裂成窄長條片。葉細小，淡綠色，先端銳尖，中央之葉的背部有條狀腺點。雄球花橢圓形或卵圓形，長二點五至三公釐；雌球花長三至六公釐，近球形。毬果圓形，徑約一至一點五公分，帶黑色，有紫粉。種子邊緣具窄翅。分布區域以秦領南坡為其北限，向南雖達雲、貴和兩廣，但以長江流域為中心，而以湖北、四川為最普遍，且常形成純林。

楚江長流對楚寺，楠木幽生赤崖背。
臨溪插石盤老根，苔色青蒼山雨痕。

——嚴武〈題巴州光福寺楠木〉（節錄）

嚴武〈題巴州光福寺楠木〉所言之巴州在今四川巴中市；岑參〈登嘉州凌雲寺作〉「天晴見峨眉，如向波上浮。迴矚煙景豁，陰森棕楠稠」，嘉州在今四川樂山市，說明四川境內多楠木。杜甫也記載了成都楠木，如上元二年（七百六十一年）在成都所作的〈枯楠〉：「楩楠枯崢嶸，鄉黨皆莫記。不知幾百歲，慘慘無生意。」同年在成都作〈高楠〉也有：「楠樹色冥冥，江邊一蓋青。近根開藥圃，接葉製茅亭」。

【識別特徵】

今名：楠木
學名：*Phoebe nanmu*（Oliv.）Gamble
科別：樟科

常綠大喬木，高達三十公尺。葉革質，橢圓形、披針形至倒披針形，長七至十一公分，寬二點五至四公分。聚繖狀圓錐花序長七點五至十二公分，纖細。果橢圓形，長一點一至一點四公分，直徑六至七公釐。主要分布在四川、貴州、湖北、湖南（九山）等地，而其中以四川產者為最好。

芙蓉新落蜀山秋，錦字開緘到是愁。
閨閣不知戎馬事，月高還上望夫樓。

——薛濤〈贈遠二首〉

木芙蓉又名芙蓉花、木蓮。嚴霜時節次第開放，故又名拒霜花。清晨花朵白或淡粉，午後轉為粉紅，至傍晚凋落前，則轉為紫紅，故又有「三醉芙蓉」美稱。劉兼〈木芙蓉〉：「素靈失律詐風流，強把芳菲半載偷。是葉葳蕤霜照夜，此花爛漫火燒秋。」描述木芙蓉花開時的盛況。

後蜀國君孟昶為討皇妃花蕊夫人歡心，在成都「城頭盡種芙蓉」數十里。自此成都又稱「芙蓉城」或「蓉城」。唐人張立〈詠蜀都城上芙蓉花〉讚曰：「四十里城花發時，錦囊高下照坤維。雖妝蜀國三秋色，難入豳風七月詩。」

薛濤是唐代的才女，〈贈遠二首〉中所指的望夫樓位於成都浣花溪畔。薛濤除了詠木芙蓉，還創造「薛濤箋」加工紙，又名浣花箋，原料為木芙蓉樹皮，由於莖皮含纖維素百分之三十九，柔韌而耐水，是良好的造紙原料。薛濤取宅旁浣花溪水製紙，呈紅色或粉紅色。李商隱曾作詩詠之：「浣花箋紙桃花色，好好題詞詠玉鉤。」

【識別特徵】

今名：木芙蓉

學名：*Hibiscus mutabilis* Linn.

科別：錦葵科

落葉灌木或小喬木，高一至三公尺。葉互生，呈闊卵圓形至圓卵形，掌狀三至五淺裂，長時到十五公分，寬四至十四公分，邊緣五至七裂且有疏粗鋸齒。花單生於枝端葉腋，有紅、粉紅、白等色，有白色或初為淡紅後變深紅。雄蕊多數，合成單體。花蒴果扁球形，徑二至二點五公分。分布黃河流域，在長江流域及其以南都有栽培，在四川、湖南兩省較為常見。

水路東連楚，人煙北接巴。
山光圍一郡，江月照千家。
庭樹純栽橘，園畦半種茶。
夢魂知憶處，無夜不京華。

——岑參〈郡齋望江山〉

中國是世上最早利用茶葉的國家，大概自有農業就開始，起初是作藥材，大約西漢才當成飲料並栽培。魏晉南北朝出現茶的文學作品，唐代飲茶風氣已頗盛行，不僅貴族，民間也盛。陸羽對茶有很深的造詣，時人稱之為「茶神」，奉詔著《茶經》，對飲茶風氣有推波助瀾之功。

唐詩詠茶詩篇已經很多，劉禹錫〈試茶歌〉、韋應物〈喜園中生茶〉等都是其中代表。白居易〈琵琶行〉「商人浮梁買茶去」可見茶葉是當時重要的商品。唐代諸多著名詩人也都嗜茶，顧況〈過山農家〉：「板橋人渡泉聲，茅檐日午雞鳴。莫嗔焙茶煙暗，卻喜晒穀天晴。」描繪的是江南山鄉焙茶場景。唐末張蠙〈夏日題老將林亭〉：「井放轆轤閒浸酒，籠開鸚鵡報煎茶。幾人圖在凌煙閣，曾不交鋒向塞沙。」是避亂於蜀記錄煎茶、喝茶的詩。

【識別特徵】

今名：茶

學名：*Camellia sinensis* O. Ktze

科別：山茶科

常綠灌木或小喬木，高一至六公尺。葉互生，薄革質，橢圓狀披針形至倒卵狀被針形，長五至十公分，寬二至四公分。花常兩性，一至四朵花腋生，花白色，徑二點五至三公釐，花瓣通常五瓣，有時七至八瓣；雄蕊多數，花藥黃色；子房三室。蒴果扁圓形，次年成熟，每室一種子，種子近球形。原產西南地區，現已在長江流域以及華南地區盛行栽培。

棕櫚花滿院，苔蘚入閒房。
彼此名言絕，空中聞異香。

——王昌齡〈題僧房〉

棕櫚又名唐棕、拼棕、中國扇棕，是最耐寒的棕櫚科植物，天然分布北可到秦嶺，中國各地多有栽培。英國、德國也都有引種。岑參〈登嘉州凌雲寺作〉：「天晴見峨眉，如向波上浮。迴曠煙景豁，陰森棕楠稠。」嘉州在今四川樂山市。

由於樹勢挺拔，樹姿優美，是理想觀賞庭園樹，也常栽於路邊及花壇中。白居易〈西湖晚歸回望孤山寺贈諸客〉「盧橘子低山雨重，栟櫚葉戰水風涼」句，「栟櫚」即棕櫚。棕櫚花開極香，見王昌齡〈題僧房〉詩及岑參〈東歸留題太常徐卿草堂〉：「題詩芭蕉滑，對酒棕花香。諸將射獵時，君在翰墨場。」

初出苞的花穗花小密集如魚子，古稱「棕筍」或「棕魚」，是古代著名菜餚。樹幹外堅內柔，耐潮防腐，為優良建材。葉鞘的纖維可製作掃帚、毛刷、簑衣或扇、帽等；棕皮可製繩索，用途極廣。韋應物〈棕櫚蠅拂歌〉：「棕櫚為拂登君席，青蠅掩亂飛四壁。文如輕羅散如髮，馬尾氂牛不能絜。」棕櫚的網狀葉鞘稱「棕皮」或「棕毛」，可以製作多種用具，包括詩中所提之「蠅拂」。

【識別特徵】

今名：棕櫚

學名：*Trachycarpus fortunei*（Hook.）H. Wendl.

科別：棕櫚科

常綠喬木，樹高達五至十公尺。葉圓扇形，簇生於樹幹頂端，掌狀深裂，裂片線形；葉柄長，兩側有鋸齒，葉基有黃褐色或黑褐色的纖維狀鞘包被樹幹，通稱棕皮或棕片。花單性，肉穗花序，腋生；花淡黃色而細小。核果球狀或呈腎形，成熟時由綠色變爲黑褐色或灰褐色，微被蠟和白粉，甚堅硬。主要分布在秦嶺、長江流域以南溫暖濕潤多雨地區，以四川、雲南、貴州、湖南、湖北、陝西最多。

五色文勝百鳥王，相思兼絕寄芸香。
由來不是池中物，雞樹歸時即取將。

——薛能〈又和留山雞〉

芸香具特異香氣，味辛辣，嚼之有麻涼感。原是中國古代最常用的書籍防蟲藥物。最早記載於《禮記》

〈月令〉「仲冬之月芸始生」，鄭玄說明：「芸，香草也。」宋代沈括在《夢溪筆談．辨證一》中則描寫芸香草：「古人藏書辟蠹用芸。辟蠹殊驗，南人采置席下，能去蚤虱。」說古人常在書頁中放置芸香草，防止蟲咬噬書籍；放在草席下，能夠驅除跳蚤臭蟲。「芸香草」因此與書形成許多專用詞語，如讀書仕進者謂之「芸人」或「芸香客」；校書郎稱為「芸香吏」；專司圖書典籍的祕書省稱「芸台」或「芸署」；藏書處或圖書館稱「芸閣」；書齋別名「芸窗」或「芸館」等。陸龜蒙〈和襲美寄同年韋校書〉：「萬古烽煙滿故都，清才搜刮妙無餘。可中寄與芸香客，便是江南地裡書。」詩中「芸香客」指的就是韋校書。薛濤〈贈韋校書〉「芸香誤比荊山玉，那似登科甲乙年」用芸香比喻書。

唐詩中，出現芸香草的詩篇還有李商隱〈奉和太原公送前楊秀才戴兼〉：「潼關地接古弘農，萬里高飛雁與鴻。桂樹一枝當白日，芸香三代繼清風。」詩題之楊秀才係韋應物的外孫楊敬之的兒子，「芸香」意為書香，指楊敬之三代都是令人尊敬的讀書人。

【識別特徵】

今名：芸香草

學名：*Cymbopogon distans*（Nees *ex* Steud.）W.Wats.

科別：禾本科

多年生草本，有香氣，高四十至一百六十公分。葉片狹線形，長三十至七十公分，寬一至五公釐，扁平或邊緣外卷，兩面近無毛，具白粉。偽圓錐花序稀疏，狹窄，長十五至四十五公分；總狀花序孿生；無柄小穗呈長圓狀披針形；雄蕊三枚，花藥長二點五公釐。分布甘肅、陝西、四川、貴州、雲南等地。生長於山坡草地。分布於印度西北部、喀什米爾地區、尼泊爾及巴基斯坦。

闌邊不見蘘蘘葉，砌下惟翻豔豔叢。
細視欲將何物比，曉霞初疊赤城宮。

——薛濤〈金燈花〉

金花石蒜盛花期集中在九、十月，花色金黃。薛濤〈金燈花〉此花「不見蘘蘘葉」、「惟翻豔豔叢」

說明金燈花就是「花葉不相見」的金花石蒜。「金燈」又作「金簦」，王績〈山家夏日九首〉「石榴兼布葉，金簦唯作花」，說「金簦」只有開花不見葉子，說的還是金花石蒜。

【識別特徵】

今名：金花石蒜

學名：*Lycoris aurea*（L' Hér.）Herb.

科別：石蒜科

多年生宿根性草本，株高三十至五十公分。葉基生，肉質而厚，劍形至廣線形，長二十五至六十公分，寬三至五公分。花先葉而生，聚繖花序頂生，花序高三十至六十公分，著生花五至十朵；花冠黃至金黃色，裂瓣六枚，長約七公分，寬約一公分，花瓣向外反捲。蒴果具三棱，背裂，種子多數，近球形，黑色。分布湖北、湖南、廣西、雲南、廣東、福建、四川等地，也分布日本、台灣、緬甸等地。

第五章　鑿空鴻爪

漢代的西域

漢朝時的西域多指天山南麓玉門關、陽關以西的諸多國家和地區。精確的說，漢時期的西域國家主要分布在塔里木盆地、吐魯番盆地和北準噶爾盆地邊緣的綠洲上，在張騫打通西域之前，西域各國一直由匈奴控制支配。

首度出使西域

張騫（西元前一九五到一一四年）字子文，建元二年（西元前一三九年）率領一百多人從隴西（今甘肅）往嬀水（今烏茲別克阿姆河一帶）流域出發，中途遭匈奴俘虜。西元前一二九年，張騫逃出，從車師國（今新疆吐魯番盆地）進入焉耆，接著沿塔里木河西行，經龜茲國（今新疆庫車東）、疏勒國（今新疆喀什）等地，翻越蔥嶺，最後終於到達月氏人所在地嬀水流域的康居（今巴爾喀什湖和鹹海之間）。

漢元朔元年（西元前一二八年），張騫啟程回國，繞遠路從蔥嶺、沿昆崙山北麓而行，經莎車、于闐（今新疆和田）、鄯善（今新疆若羌），但不幸又被匈奴擒獲。西元前一二六年，匈奴單于去世，張騫乘機帶著隨從堂邑父及匈奴妻子逃脫，終於回到長安。一百餘人的使團，生還的只有兩人。張騫出使西域前後共十三年，走遍天山南北（新疆南疆）和中亞、西亞各地。

張騫的貢獻

漢朝經營西域成功，張騫的功勞最大，達成不同民族的交流，當時是創舉，稱為「鑿空」行動。中國人在思想上開始有西域諸國及其他地

域的世界觀，東西方的商人也紛紛沿著張騫走過的道路往來進行貿易，此即著名的「絲綢之路」。西域各國原產的葡萄、苜蓿、石榴、胡桃、胡麻等植物皆為張騫或其他使者從西域傳入中原。

《全唐詩》的「鑿空」餘緒

西漢時期，張騫或其他使者從西域傳入的植物，在唐代發展迅速。其中《全唐詩》出現最多的是石榴，共有一百二十四首詩引述，其次是葡萄，共出現五十首。石榴成為長安近郊的果樹和觀賞花卉，後來傳布到全國，成為家喻戶曉的植物。唐時到處種葡萄，主要是作為葡萄酒原料。胡麻出現二十八首詩，從詩篇內容可知，胡麻已成為唐代重要的香料、油料、糧食作物。苜蓿在漢代原是引進作養馬飼料，至唐代已成為餐桌上的菜餚。胡桃是著名的乾果，唐代亦有栽種，惟《全唐詩》僅出現二首。黃瓜在唐詩引述，也說明唐時已登上貴族餐桌，只是未普及民間。

文行成身事，從知貴得仁。
歸來還寂寞，何以慰交親。
芳草色似動，胡桃花又新。
昌朝有知己，好作諫垣臣。

——貫休〈送盧瞻罷廬陵幕歸閿鄉〉

胡桃別名核桃，原產於伊朗，漢代張騫自西域引入。韋應物〈漢武帝雜歌〉：「顏如芳華潔如玉，心念我皇多嗜欲。雖留桃核桃有靈，人間糞土種不生。」記載此一史實。貫休〈送盧瞻罷廬陵幕歸閿鄉〉可見胡桃在唐代已經普遍栽植。胡桃在唐代就是常吃的乾果，李白〈白胡桃〉：「紅羅袖裡分明見，白玉盤中看卻無。疑是老僧休念誦，腕前推下水晶珠。」可以為證。

【識別特徵】

今名：胡桃；核桃

學名：*Juglans regia* L.

科別：胡桃科

落葉喬木，高二十至二十五公尺。奇數羽狀複葉，互生，小葉五至九枚，橢圓狀卵形至長橢圓形，長六至十五公分，寬三至六公分，全緣。雄葇荑花序腋生，下垂，長五至十公分；雌花序穗狀，直立，生於幼枝頂端，通常有雌花一至三朵，柱頭二裂，呈羽毛狀，鮮紅色。果實近球形，核果狀，直徑四至六公分，外果皮綠色，中果皮肉質，內果皮骨質，壁內具空隙而有皺折，隔膜較薄。各地廣泛栽培。

漢家天馬出蒲梢，苜蓿榴花遍近郊。
內苑只知含鳳觜，屬車無複插雞翹。
玉桃偷得憐方朔，金屋修成貯阿嬌。
誰料蘇卿老歸國，茂陵松柏雨蕭蕭。

——李商隱〈茂陵〉

晉朝張華《博物志》記載張騫出使西域引進安石國產石榴，故稱「安石榴」。引詩以及白居易〈留題天竺靈隱兩寺〉「宿因月桂落，醉為海榴開」可知唐時已普遍栽種。成熟的石榴皮色鮮紅或粉紅，種子甚多，象徵多子多孫。

古代稱鮮紅、豔紅色為「石榴紅」，又以「石榴紅」暗指女人，李商隱〈無題〉「曾市寂寥金燼暗，斷無消息石榴紅」即是。紅色染料主要從石榴花中提煉，因此紅裙亦稱「石榴裙」，也成為年輕女子的代稱，如萬楚〈五日觀妓〉：「眉黛奪將萱草色，紅裙妒殺石榴花。」

【識別特徵】

今名：安石榴

學名：*Punica granatum* L.

科別：安石榴科

常綠灌木或小喬木，高二至六公尺。葉對生或近簇生，長圓狀披針形或倒卵形，長二至九公分，寬一至二點五公分，全緣。花生於小枝頂端或腋生，花萼鐘形，紅色，厚革質；花瓣紅色或少有白色；雄蕊多數。漿果近球形，直徑五至六公分；種子多數，有肉質的外種皮，多汁，甜而帶酸。原產於亞洲中部，各地均有栽培。

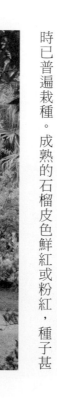

盧橘為秦樹，葡萄出漢宮。
煙花宜落日，絲管醉春風。
笛奏龍吟水，簫鳴鳳下空。
君王多樂事，還與萬方同。

——李白〈宮中行樂詞八首其三〉

「葡萄」《漢書》作「蒲桃」或「蒲陶」，唐代亦同，如李頎〈古從軍行〉句「年年戰骨埋荒外，空見蒲桃入漢家」。張騫出使西域從大宛（今費爾干納盆地）引種，中國才開始有葡萄。元稹〈西涼伎〉：「吾聞昔日西涼州，人煙撲地桑柘稠。葡萄酒熟恣行樂，紅豔青旗朱粉樓。」韓愈〈葡萄〉：「新莖未遍半猶枯，高架支離倒複扶。若欲滿盤堆馬乳，莫辭添竹引龍鬚。」「馬乳」即馬乳葡萄，又名馬奶葡萄，因其狀如馬奶子頭而得名。是栽培歷史悠久、較高營養價值的優良西域品種。

葡萄自古以來最主要的用途是釀酒，李頎〈塞下曲〉「帳下飲葡萄，平生寸心是」和王翰〈涼州詞〉：「葡萄美酒夜光杯，欲飲琵琶馬上催」，可相互輝映。

【識別特徵】

今名：葡萄
學名：*Vitis vinifera* L.
科別：葡萄科

落葉木質藤本；卷鬚或花序與葉對生。葉紙質，互生，心狀圓卵形，寬七至十五公分，基部深心形，近全緣至三至五掌狀淺裂，齒牙緣，背面被短柔毛。圓錐花序密集或疏散，多花，花雜性異株；花淡黃綠色，花瓣五枚。漿果球形或橢圓狀球形，被白粉，有金綠色、紫藍色、紫灰色等品種。原產歐洲、西亞。

昨日臨川謝病還，求田問舍獨相關。
宋時有井如今在，卻種胡麻不買山。

——戴叔倫〈題招隱寺〉

胡麻，相傳也是張騫引進中國的。唐時已是重要作物，《全唐詩》一共有二十八首詩提及。別名芝麻、脂麻、油麻等，胡麻榨油即為香油。唐時已有胡麻餅，白居易〈寄胡餅與楊萬州〉：「胡麻餅樣學京都，面脆油香新出爐。寄與饑饞楊大使，嘗看得似輔興無。」唐代亦蒸胡麻子來當飯吃，王維〈送孫秀才〉「山中無魯酒，松下飯胡麻」，以及王昌齡〈題朱煉師山房〉：「叩齒焚香出世塵，齋壇鳴磬步虛人。百花仙醞能留客，一飯胡麻度幾春。」胡麻也是隱逸者的日常食物，王建〈隱居者〉：「何物堪長食？胡麻慢火熬。」

胡麻有時稱「巨勝」，曹唐〈小遊仙詩九十八首〉（其四十）：「共愛初平住九霞，焚香不出閉金華。白羊成隊難收拾，吃盡溪頭巨勝花。」詩中之「巨勝」即胡麻。

【識別特徵】

今名：胡麻；芝麻

學名：*Sesamum indicum* Linn.

科別：胡麻科

一年生草本植物，植株高度約五十至一百公分。葉對生或互生，葉緣全緣，葉長約四至十四公分，葉披針形、心臟形或橢圓形。總狀花序頂生，花冠筒形，脣形，四裂，長約三至五公分，淡紅、紫、白色。蒴果長筒形，四、六或八棱。種子扁橢圓形，有白、黃、棕紅或黑色。遍布世界上的熱帶地區，在溫帶地區也有種植。

天馬初從渥水來，郊歌曾唱得龍媒。
不知玉塞沙中路，苜蓿殘花幾處開。

——張仲素〈天馬辭〉

苜蓿即紫花苜蓿，在中國已有兩千多年的栽培歷史，張騫出使西域，苜蓿隨著戰馬（天馬）傳入中原，當時主要栽培作馬的飼料。王維〈送劉司直赴安西〉：「苜蓿隨天馬，葡萄逐漢臣。當令外國懼，不敢覓和親。」苜蓿首先在邊塞戰地大量栽種，岑參〈北庭西郊候封大夫受降回軍獻上〉「胡地苜蓿美，輪台征馬肥」和杜甫〈寓目〉「一縣葡萄熟，秋山苜蓿多。

關雲常帶雨，塞水不成河」等詩句皆記述其事。後來，長安附近亦多有栽植，如李商隱〈茂陵〉：「漢家天馬出蒲梢，苜蓿榴花遍近郊。」紫花苜蓿莖葉柔嫩鮮美，人亦採食之，薛令之〈自悼〉：「朝日上團團，照見先生盤。盤中何所有，苜蓿長闌干。」描述清貧人士餐桌上主要只有「苜蓿盤」。

【識別特徵】

今名：苜蓿；紫花苜蓿

學名：*Medicago sativa* Linn.

科別：蝶形花科

一年生或多年生草本植物，植株高三十至九十公分。葉為三出複葉，小葉倒卵形或倒披針形，長一至二公分，寬約五公釐。腋生的短總狀花序，花小，花冠紫色；雄蕊十枚，二體；子房有胚珠多數。莢果螺旋形，常呈貝殼狀或彎鐮狀，不開裂。分布地中海區域、西南亞、中亞和非洲，中國主要產區在西北、華北、東北及江淮流域。

上陽宮闕翠華歸，百辟傷心序漢儀。
昆嶽有炎瓊玉碎，洛川無竹鳳凰饑。
須簪白筆匡明主，莫許黃瓜博少師。
惆悵宸居遠於日，長吁空摘鬢邊絲。

——徐夤〈寄盧端公同年仁烱，時遷都洛陽，新立幼主〉

黃瓜也稱胡瓜、青瓜、刺瓜。唐詩都稱黃瓜。張祜〈讀曲歌五首其五〉：「郎去摘黃瓜，郎來收赤棗。郎耕種麻地，今作西舍道。」王建〈宮詞〉：「酒幔高樓一百家，宮前楊柳寺前花。內

園分得溫湯水，二月中旬已進瓜。」詩中的「瓜」是溫泉水加溫在溫室種植的黃瓜，是貢品。原產印度，西元前二世紀張騫通西域時已引進中國，後因五胡十六國的後趙皇帝石勒忌諱胡字，漢臣襄國郡守樊坦將其改為黃瓜。

【識別特徵】

今名：黃瓜

學名：*Cucumis sativus* L.

科別：葫蘆科

一年生攀緣草本，莖蔓生。葉片寬卵狀心形，膜質，互生，具三至五枚裂片，葉面粗糙，長七至十八公分，寬七至十五公分。雌雄同株異花；雌花生於葉腋，花黃色，直徑三至四公分；雄花數目多。瓠果，果實圓柱形，長三十八公分，通常有刺，刺基常有瘤狀突起，嫩時顏色青綠，成熟時墨綠或黃綠色。種子小，狹卵形，白色，無邊緣，兩端近急尖。

第六章 江南詩意

唐詩與江南密不可分，描述最頻繁的勝景有長江三峽、揚州、廬山、西湖、寒山寺等地；還有名樓黃鶴樓、岳陽樓、滕王閣。

長江三峽全長一百九十三公里，由瞿塘峽、巫峽、西陵峽組成。唐代詩人都曾經遊覽或吟誦過三峽。李白〈早發白帝城〉：「朝辭白帝彩雲間，千里江陵一日還。兩岸猿聲啼不住，輕舟已過萬重山。」元稹〈離思〉：「曾是滄海難為水，除卻巫山不是雲。取次花叢懶回顧，半緣修道半緣君。」李商隱〈夜雨寄北〉：「君問歸期未有期，巴山夜雨漲秋池。何當共翦西窗燭，卻話巴山夜雨時。」等，都是經典之作。

黃鶴樓位於湖北省，始建於西元二二三年，歷代屢修屢毀，現在的黃鶴樓是一九八五年重建的。黃鶴樓享有「天下絕景」盛譽，歷代名士先後至此吟詩作

賦，崔顥〈黃鶴樓〉：「昔人已乘黃鶴去，此地空餘黃鶴樓。黃鶴一去不復返，白雲千載空悠悠。」更使黃鶴樓名揚天下。

岳陽樓下臨洞庭，有「洞庭天下水，岳陽天下樓」盛譽。始建於西元兩百二十年前後。諸多文人留下名篇佳作，如杜甫〈登岳陽樓〉：「昔聞洞庭水，今上岳陽樓。吳楚東南坼，乾坤日夜浮。親朋無一字，老病有孤舟。戎馬關山北，憑軒涕泗流。」白居易也有〈題岳陽樓〉詩。

揚州經濟地位在唐中期超過了長安、洛陽，成為最大的國際貿易城市，號稱「富甲天下」。王建〈夜看揚州市〉「夜市千燈照碧雲，高樓紅袖客紛紛」可見一斑。李白送別孟浩然到揚州寫下「煙花三月下揚州」更是千古送別

名句。

滕王閣有「江西第一樓」之譽。西元六七五年首次重修，竣工後，王勃寫下代表作〈滕王閣序〉令滕王閣名揚四海，與湖南岳陽樓、湖北黃鶴樓合稱「江南三大名樓」。

盧山位於長江南岸，「奇秀甲天下」，雲霧變幻無常，夏季氣溫比山下低攝氏十度左右，為中國知名避暑勝地。李白五次來此，有〈望廬山瀑布〉等詩傳世；李渤隱居山中，養白鹿自娛；白居易被貶為江州司馬，在山上築「盧山草堂」。

西湖有湖光山色也有眾多名勝古蹟。歷代文人流連忘返，如白居易「亂花漸欲迷人眼，淺草才能沒馬蹄。最愛湖東行不足，綠楊陰裡白沙堤」、「湖上春來似畫圖，亂峰圍繞水平鋪。松排山面千重翠，月點波心一顆珠」等。

寒山寺位於蘇州市，是中國十大名寺之一，唐代詩人張繼〈楓橋夜泊〉使得該寺聞名於世。

唐詩的江南植物

江南名勝多，風光迥異於中原，《全唐詩》有關江南的詩篇多不勝數，引述許多江南植物，以庭園樹觀賞花木為主，後來很多種類引種至全國各地。其中最特別的是揚州的瓊花，唐代文人雅士留下了許多詠頌瓊花的詩文，使瓊花成為中國歷史上最著名的「文學花卉」，是江南的指標花木。另，夜合花、梔子、杜鵑、躑躅、薜荔都只產在長江以南。詩中也提到中國南方的造林木如杉木、樟樹、楠木等。

遠上寒山石徑斜，白雲深處有人家。
停車坐愛楓林晚，霜葉紅於二月花。

——杜牧〈山行〉

傳說蚩尤與黃帝交戰被俘，後被殺於黎山，身上枷鎖化為楓木林，就是楓樹的來源。引詩中的霜葉即指楓樹葉。楓葉入秋變紅，詩人喜為文稱頌，並以「楓林」形容秋色，如杜甫〈寄柏學士林居〉「赤葉楓林百舌鳴，黃花野岸天雞舞」，或以「楓葉」代表秋季，如李白〈夜泊牛渚懷古〉：「牛渚西江月，青天無片雲。登舟望秋月，空憶謝將軍。余亦能高咏，斯人不可聞。明朝掛帆席，楓葉落紛紛。」

天氣越冷，楓葉越紅，和荻花的白相對應，白居易〈琵琶行〉寫下「潯陽江頭夜送客，楓葉荻花秋瑟瑟」。杜甫〈秋興八首〉（其一）「玉露凋傷楓樹林，巫山巫峽氣蕭森」用楓樹隱含蕭瑟的秋悲。文學作品有時以「紅葉」替代楓葉，如許渾〈秋日赴闕題潼關驛樓〉「紅葉晚蕭蕭，長亭酒一瓢」。

【識別特徵】

今名：楓香

學名：*Liquidambar formosana* Hance

科別：金縷梅科

落葉大喬木，高可達四十公尺，常有樹脂。單葉互生或叢生枝端，掌狀三裂，闊卵形，基部心形，邊緣有鋸齒。花單性，雌雄同株，無花被；雄花排成穗狀，再形成總狀，雄蕊多數；雌花排成頭狀花序，每花序有花二十二至四十三朵。多枚蒴果集生成圓球狀，密生星芒狀刺，果二裂；種子多角形或有窄翅。分布秦嶺、淮河以南至越南北部。

合歡夜墮梧桐秋，鴛鴦背飛水分流。
少年使我忽相棄，雌號雄鳴夜悠悠。
夜長月沒蟲切切，冷風入房燈焰滅。
若知中路各西東，彼此不忘同心結。
收取頭邊蛟龍枕，留著箱中雙雉裳。
我今焚卻舊房物，免使他人登爾床。

——王建〈贈離曲〉

合歡也稱「合昏」、「夜合」，因為羽片上的小葉一到夜晚就閉合。白居易〈春盡勸客酒〉「林下春將進，池邊日半斜。櫻桃落砌棵，夜合隔帘花」和元稹〈夜合〉「葉密煙蒙火，枝低綉拂牆。更憐當暑見，留詠日偏長」所說的「夜合」都是指合歡。王建〈贈離曲〉直接稱合歡，卻用來象徵離情。

合歡還有「絨花樹」、「烏絨」、「馬纓花」等名稱，因為雄蕊細長，下白上粉紅，花形類似掛在馬頸下的紅纓，元稹〈遣興十首〉句「豔豔剪紅英」即指此。合歡六月開始開花，花期較長，白居易〈閨婦〉：「斜憑綉床愁不動，紅綃帶緩綠鬟低。遼陽春盡無消息，夜合花前日又西。」用夏天落日前的合歡花表達久盼夫君歸來的怨婦心情。

【識別特徵】

今名：合歡

學名：*Albizzia julibrissin* Durazz.

科別：含羞草科

落葉中或小喬木，高可達十六公尺。偶數二回羽狀複葉，羽片八至十四對，夜間閉合；小葉二十至五十枚，長橢圓形或線狀長鐮刀形。頭狀花序或叢集，開淡紅色或粉紅色花；花絲長二至

二點五公分，粉紅色。莢果長橢圓形，帶狀，長約五公分，內含種子八至十二粒。廣布於亞洲及非洲熱帶，中國大部分地區，日本、北韓、印度、非洲各地均有分布。

日暮空齋對小溪，遠村歸岸醉如泥。
杜鵑花落杜鵑叫，烏柏葉生烏臼啼。
——張祜〈所居即事六首其二〉（節錄）

烏柏是變色葉樹種，秋至冬會變紅或深紅色，有「烏柏赤於楓，園林二月中」之稱。和楓樹一樣象徵秋季，如宋代詩人楊萬里〈秋山〉：「烏柏平生老染工，錯將鐵皁作猩紅。小楓一夜偷天酒，却倩孤松掩醉容。」引詩所言應為蘇州住所或附近景觀。溫庭筠〈西州詞〉：「艇子搖兩槳，催過石頭城。門前烏柏樹，慘澹天將曙。」說城門前的烏柏樹似乎隱含佳人情意。

【識別特徵】

今名：烏柏

學名：*Sapium sebiferum*（L.）Roxb.

科別：大戟科

落葉大喬木，高可達十五公尺，具乳汁。葉互生，紙質，

葉片菱狀卵形至菱狀倒卵形，長三至八公分，寬三至九公分。花單性，雌雄同株，聚集成頂生、長六至十二公分的穗狀花序，雌花通常生於花序軸最下部，雄花生於花序軸上部。蒴果梨狀球形，成熟時黑色，具三溝，直徑一至一點五公分，具三種子；種子外被白色的蠟質。主要分布於黃河以南各省區，北達陝西、甘肅，日本、越南、印度也有。

秋色浮渾沌，清光隨漣漪。
豫樟盡莓苔，柳杞成枯枝。

——儲光義〈同諸公秋日遊昆明池思古〉（節錄）

詩文多以豫章（樟）稱樟樹，如《史記》〈司馬相如列傳〉：「其北則有陰林巨樹，楩楠豫章」。唐詩儲光義「豫樟盡莓苔，柳杞成枯枝」、白居易〈寓意詩五首〉（其一）「豫樟生深山，七年而後知。挺高二百尺，本末皆十圍」都稱豫樟，其中「本末皆十圍」，已是「神木級」樟樹。

《全唐詩》共出現十八首，稱「豫章」如沈佺期「羞睹豫章材」；稱「豫樟」如杜甫「豫樟深出地」和白居易「豫樟生深山」。

【識別特徵】

今名：樟樹

學名：*Cinnamomum camphora*（L.）J. Presl.

科別：樟科

常綠喬木，樹高可達四十公尺；全株具樟腦香氣。單葉互

生，卵形或橢圓狀卵形，全緣，有離基三出脈，脈腋有明顯腺體。圓錐花序腋生於枝頂端，花黃綠色，花被六枚。漿果球形，徑約〇點五公分，成熟時由綠色轉為黑紫色，徑約一公分，有光澤。分布於東亞至澳洲、南太平洋，包括越南、中國長江以南各省、韓國、日本，見於濕潤的山谷、山腰下、河流兩岸、路旁等。

月射冷光新殿宇，風敲清韻古杉松。
問師寶額因何立，笑指橫溪有臥龍。

——白居易〈南岳橫龍寺〉

古人稱葉扁平且線形的植物為「杉」，因此名為杉的植物有多種，如水杉、冷杉、鐵杉等。杉木較喜溫暖潮濕氣候，主要產區在南方。劉言史〈瀟湘遊〉：「青煙冥冥覆杉桂，崖壁凌天風雨細」，瀟湘是湖南的代稱，說明湖南多杉。中國向有「北松南杉」之說，亦有「除了杉木不算材」的俗諺，說明杉木的重要性。

杉木「樹大連抱，高數仞，木如柏，作松理」，即白居易〈栽杉〉：「勁葉森利劍，孤莖挺端標。才高四五尺，勢若干青霄。」同柏樹、松樹一樣重要，姚合〈苦雨〉：「江昏半山晴，南阻絕人行。葭菼連雲色，松杉共雨聲。」

【識別特徵】

今名：杉木

學名：*Cunninghamia lanceolata*（Lamb）Hook.

科別：杉科

常綠喬木，樹高可達三十至四十公尺。葉尖硬刺手，線形至線狀被針形，長二至五公分，背面有兩條白色的氣孔帶；葉緣有細鋸齒。雌雄同株，雄花毬簇生枝頂，圓筒狀。雌花毬單生或簇生枝端。毬果近球形或卵圓形，長二點五至五公分，徑三至五公分。種子扁平，有環翅。原分布在淮河、秦嶺以南地區，長江以南廣泛用之造林。

昨來樓上迎春處，今日登樓又送歸。
蘭蕊殘妝含露泣，柳條長袖向風揮。
佳人對鏡容顏改，楚客臨江心事違。
萬古至今同此恨，無如一醉盡忘機。

——劉禹錫〈送春詞〉

木蘭別名白玉蘭、望春花、玉蘭花、木蘭花。古稱「木蘭」的植物可能有許多種，應泛指木蘭科木蘭屬和木蓮屬等多種植物，如木蓮（*Manglietia fordiana*（Hemsl.）Oliv.）。從《楚辭》以降，詩文中所提到的「木蘭」均與「魯班刻木蘭舟」的傳說有關，亦即「木蘭」應為「木高數丈」、「可以為舟」的喬木，即柳宗元〈酬曹侍御過象縣見寄〉「破額山前碧玉流，騷人遙駐木蘭舟」。

玉蘭花大、潔白而芳香，是中國著名的早春花木。劉禹錫〈送春詞〉：「昨來樓上迎春處，今日登樓又送歸。蘭蕊殘妝含露泣，柳條長袖向風揮。」以暮春凋零的木蘭花形容少婦的滿腔愁緒。

唐朝廣植木蘭樹於寺廟或達官貴人的花園裡，如王播〈題木蘭院二首〉：「三十年前此院遊，木蘭花發院新修。」

【識別特徵】

今名：木蘭；玉蘭

學名：*Magnolia denudate* Desr.

科別：木蘭科

落葉喬木，高者可超過二十公尺。葉互生，葉倒卵形或倒卵狀長圓形，長十至十五公分，寬三點五至七點五公分，全緣。花先葉開放，單生於枝頂；花鐘狀，徑十二至十五公分，白色，富香氣；花被片九片，長圓狀倒卵形，偶於基部染紅暈。聚合果圓筒形或紡錘形，長八至十二公分，表面有瘤狀突起。種子紅色。分布江西、江蘇、浙江、安徽、河北、山東、河南等省。

搔首隋堤落日斜，已無餘柳可藏鴉。
岩傍昔道牽龍艦，河底今來走犢車。
曾笑陳家歌玉樹，卻隨後主看瓊花。
四方正是無虞日，誰信黎陽有古家。

——吳融〈隋堤〉

古瓊花花色淡雅、姿態獨特，古代的文人雅士留下了許多詠頌古瓊花的詩文。但古瓊花何時出現，卻有不同的說法。引詩說明隋煬帝時代已經有瓊花的傳說。《全唐詩》已有二十三首詩詠頌瓊花，也說明古瓊花應該是產生於唐代以前。如朱景玄〈和崔使君臨發不得觀積雪〉「一樹瓊花空有待，曉風看落滿青苔」、李白〈秦女休行〉「西門秦氏女，秀色如瓊花」等詩，都描繪引述了瓊花。

古瓊花被譽為中國的千古名花，有「唯揚一株花，四海無同類」、「楚地五千里，揚州獨一株」之說法。但古瓊花後來絕跡，元代留下「花朽……瓊花遂

絕」的記載。據說後來有道士在古瓊花處栽種聚八仙，是為現代瓊花。

現代瓊花不是古瓊花，兩者有很大的區別。根據宋朝鄭興商〈瓊花辨〉描述瓊花（古瓊花）：「花大而瓣厚，色淡黃。葉柔而黃澤。花蕊與花平，不結子而香。」而聚八仙（現代瓊花）：「花小而瓣薄，色漸青。葉粗而有芒。花蕊低於花，結子而不香。」清朝俞樾〈瓊花園說二則〉則說瓊花（古瓊花）：「花九朵，中間細蕊每朵四瓣。」而聚八仙（現代瓊花）：「花八朵，中間細蕊每朵五瓣。」

根據現代植物學知識，瓊花（古瓊花）「天下只有一株，且不結實」的現象看來，古瓊花應是偶然出現的天然雜交種，母本即聚八仙（現代瓊花）；父本為花具香氣，不孕性花淡黃至黃色，花冠四裂，原產地在揚州以外地區的多倍體種類。

【識別特徵】

今名：瓊花；聚八仙

學名：*Viburnum macrocephalum* Fortune f. Keteleeri （Carr.） Rehd.

科別：忍冬科

半常綠灌木，高四公尺。葉對生，卵形至橢圓狀卵形，長五至十五公分，寬二至五公分，先端漸尖，邊緣有鋸齒。繖房狀聚繖花序頂生，徑十至十二公分，邊緣著生八至九朵大型不育花，白色，中間有可孕花。核果橢圓形，長約八公釐，先紅後黑。種子扁。分布華北、華中、華東各省。

夜合花開香滿庭，夜深微雨醉初醒。
遠書珍重何曾達，舊事淒涼不可聽。
去日兒童皆長大，昔年親友半凋零。
明朝又是孤舟別，愁見河橋酒幔青。

——竇叔向〈夏夜宿表兄話舊〉

木蘭科植物共七屬一百八十二種，樹皮、葉、花皆有香氣。主要分布在亞洲的熱帶和亞熱帶地區，集中在中國南部和中南半島，美洲有少數種。其中木蘭屬有許多種著名的觀賞植物，如夜香木蘭。枝葉

深綠婆娑，花朵純白，味似成熟鳳梨香，夜晚香氣更濃郁，故名夜香木蘭，又名夜合花，為極富勝名的香花植物。竇叔向〈夏夜宿表兄話舊〉詩中夜合即指夜香木蘭。此樹是華南地區著名的樹種，適合盆栽或庭園栽培，用以觀賞、聞香。唐彥謙〈敘別〉：「十載番思舊時事，好壞不似當年狂。夜合花香開小院，坐愛涼風吹醉面。」

【識別特徵】

今名：夜香木蘭；夜合花

學名：*Magnolia coco*（Lour.）DC.

科別：木蘭科

常綠灌木或小喬木，株高二至四公尺。葉互生，葉革質，長橢圓狀披針形或披針形，長七點五至十五公分，寬約四至六公分，全緣；網狀細脈於表裡兩面均十分明顯。花單一，頂生，單生，有濃郁香味；花被片九枚，乳白色，倒卵形至橢圓形。蓇葖聚合果，長約三至四公分。種子橘紅色。分布浙江、福建、廣東、廣西、雲南等華南各省及越南。

紫粉筆含尖火燄，紅胭脂染小蓮花。
芳情香思知多少，惱得山僧悔出家。

——白居易〈題靈隱寺紅辛夷花戲酬光上人〉

辛夷又名木蘭、木筆、紫玉蘭，屬中國特有植物。辛夷「紫苞紅焰，作蓮及蘭花香」，花開時有如樹上荷花，唐代裴迪有詩云：「況有辛夷花，色與芙蓉亂。」辛夷花豔麗怡人，芳香淡雅，令白居易寫下「芳情香思知多少，惱得山僧悔出家」之句。

唐詩也有多首提及辛夷，錢起〈暮春歸故山草堂〉：「谷口春殘黃鳥稀，辛夷花盡杏花飛。始憐幽竹山窗下，不改清陰待我歸。」韓愈〈感春五首〉：「辛夷高花最先開，青天露坐始此回。已呼孺人戛鳴瑟，更遣赤子傳清杯。」

【識別特徵】

今名：辛夷

學名：*Magnolia liliflora* Desr.

科別：木蘭科

落葉灌木或小喬木，高可達三至五公尺。葉互生，倒卵形或橢圓狀卵形，長八至十八公分，寬四至十公分。花先葉開放或有時與葉同時開放；花大而豔麗，花被片九枚，外面為紫色，內面白色或淡紫色。蓇葖聚合果長圓形，長七至十公分，淡褐色；每一果實中有種子二至三枚。產於福建、湖北、四川、雲南西北部。

絲綸閣下文書靜，鐘鼓樓中刻漏長。
獨坐黃昏誰是伴，紫薇花對紫薇郎。

——白居易〈紫薇花〉

由於樹身光滑，花朵嬌小，用手揉擦樹身，樹頂即顫動，故紫薇又名怕癢花或癢癢花，「舞燕驚鴻，未足為喻」。由於樹姿優美，花色豔麗，適宜庭院觀賞或街道綠化。紫薇在中國已經有上千年的栽培史，唐朝時盛植於長安，白居易〈紫薇花〉即為明證。

紫薇依花色可區分為四類：白薇、紅薇、紫薇，

還有花色紫中帶藍稱翠薇。白居易〈南亭對酒送春〉：「含桃實已落，紅薇花尚熏。冉冉三月盡，晚鶯城上聞。」張籍〈奉和舍人叔直省時思人〉：「藹藹紫薇直，秋意深無窮。滴瀝仙閣漏，肅穆禁池風。」花期從農曆四月開謝延續到九月，俗稱「百日紅」。

「紫薇」另有三種意義：一為星座名，在北斗之北，為天帝的住所；二為皇帝所在的都城；三為官名，紫薇省即中書省。白居易睹物思人，看到盛開的紫薇花，寫〈見紫薇花憶微之〉懷友：「一叢暗淡將何比，淺碧籠裙襯紫巾。除卻微之見應愛，人間少有別花人。」

【識別特徵】

今名：紫薇

學名：*Lagerstroemia indica* L.

科別：千屈菜科

落葉灌木或小喬木，高可達七公尺；樹皮平滑。葉互生，有時對生，紙質，橢圓形至倒卵形，長三至七公分，寬二至四公分；葉近無柄。頂生圓錐花序；花瓣六枚，皺縮，有柄，花色鮮豔美麗，玫瑰紅、大紅、深粉紅、淡紅色或紫色、白色，直徑三至四公釐；雄蕊多數。蒴果橢圓球形，長一至一點三公分，胞背開裂；種子有翅，長約八公釐。原產熱帶亞洲。

山石犖確行徑微，黃昏到寺蝙蝠飛。
升堂坐階新雨足，芭蕉葉大梔子肥。
僧言古壁佛畫好，以火來照所見稀。
鋪床拂席置羹飯，疏糲亦足飽我饑。

——韓愈〈山石〉（節錄）

梔子又名枝子花、山梔花、黃梔、林蘭、越桃、木丹等。韓愈的〈山石〉說明古代中國很早就將梔子引入庭園中栽植。王建〈雨過山村〉：「雨裡雞鳴一兩家，竹溪春路板橋斜。婦姑相喚浴蠶去，閒著中庭梔子花。」說明庭院種著梔子花。劉禹錫〈詠梔子花〉：「蜀國花已盡，越桃今又開。色疑瓊樹倚，香似玉京來。」詩中的「越桃」也是梔子。

梔子的果實可做黃色染料，亦可入藥，故「南方人競種以售利」。杜甫〈梔子〉：「梔子比眾木，人間誠未多。於身色有用，與道氣傷和。」說的是作染料的梔子。

【識別特徵】

今名：梔子
學名：*Gardenia jasminoides* Ellis
科別：茜草科
常綠灌木或小喬木，高〇點五至二公尺。葉對生或三枚輪生，橢圓形至倒卵狀長圓形，長五至十六公分，寬三至六公分。花單生於枝端或葉腋，白色，芳香；花冠旋捲，高腳杯狀。果卵狀至長橢圓狀，長二至四公分，具五至九翅狀縱稜，果頂端有宿存花萼。種子多，嵌生於肉質胎座上。分布西北、華中、華東、華南及西南。

杜鵑花時夭豔然，所恨帝城人不識。
丁寧莫遣春風吹，留與佳人比顏色。

——施肩吾〈杜鵑花詞〉

唐代之前的《詩經》、《楚辭》、《漢賦》、《先秦魏晉南北朝詩》等，均未載錄杜鵑花。《全唐詩》開始詠頌杜鵑花，共出現四十四首詩。許多

唐代著名詩人寫下讚美杜鵑花的詩句，如白居易〈山石榴寄元九〉「杜鵑啼時花扑扑。九江三月杜鵑來，一聲催得一枝開」描述開磚紅色或血紅色花的映山紅；李紳〈杜鵑樓〉：「杜鵑如火千房拆，丹檻低看晚景中。繁豔向人啼宿露，落英飄砌怨春風。」也是一例。

唐詩及其後的詩文，所言及的杜鵑花和杜鵑鳥，都和杜宇的傳說有關。相傳遠古時代蜀國國王杜宇很愛護百姓，禪位後隱居修道，死後化為子規鳥，人稱杜鵑鳥。每當春季，杜鵑鳥就飛來喚醒老百姓「快快布穀！快快布穀！」啼得嘴巴流血，鮮血灑在地上，變成滿山遍野的鮮紅杜鵑花。李白見杜鵑花，觸景生情，想起杜鵑鳥，懷念家鄉，寫下：「蜀國曾聞子規鳥，宣城還見杜鵑花。一叫一回腸一斷，三春三月憶三巴。」雍陶〈聞杜鵑二首〉（其一）：「碧竿微露月玲瓏，謝豹傷心獨叫風。高處已應聞滴血，山榴一夜幾枝紅。」也用了杜宇典故。

【識別特徵】

今名：杜鵑

學名：*Rhododendron simsii* Planch.

科別：杜鵑花科

常綠或落葉灌木，高可達二公尺。葉互生，葉形多變，有

橢圓形、卵形、披針形、倒卵形等，全緣，有些有密度不一的毛茸。總狀花序或圓錐花序；花冠為漏斗形或闊鐘形，四至七裂，大多數為五裂，磚紅色。果實為蒴果。種子極小，有時有翅。分布長江流域及西南部各省地區，日本本州一帶也有。

山淨江空水見沙，哀猿啼處兩三家。
篔簹竟長纖纖筍，躑躅閒開豔豔花。
未報恩波知死所，莫令炎瘴送生涯。
吟君詩罷看雙鬢，斗覺霜毛一半加。

——韓愈〈答張十一〉

羊躑躅是開黃色花的杜鵑，全株有毒。因羊隻誤食其葉導致跛行（躑躅），故而得名。引詩是韓愈被貶到廣東陽山，初春看到躑躅花而作。韓愈另一首〈遊青龍寺贈崔大補闕〉「前年嶺隅鄉思發，躑躅成山開不算」以及賈島〈送李登少府〉「應見嵩山裡，明年躑躅春」都是描寫羊躑躅。

躑躅有時指大葉型的杜鵑花，包含許多種類，元稹〈紫躑躅〉：「紫躑躅，滅紫攏裙倚山腹。文君新寡乍歸來，羞怨春風不能哭。」是指開紫色花的大葉型杜鵑。王建〈宮詞〉「敕賜一窠紅躑躅，謝恩未了奏花開」和白居易〈題元八溪居〉「晚葉尚開紅躑躅，秋芳初結白芙蓉」兩詩中的「紅躑躅」則指開紅色花的大葉型杜鵑。

【識別特徵】

今名：羊躑躅

學名：*Rhododendron molle*（Blume）G. Don

科別：杜鵑花科

落葉灌木，高一至二公尺。葉常簇生於枝頂，葉片橢圓形至橢圓狀倒披針形，長六至十五公分，寬三至六公分。花金黃色，花冠漏斗狀，先端五裂，裂片橢圓狀至卵形。蒴果長橢圓形，長約二至三點五公分，徑約〇點八至一公分，胞間裂開。種子多數，細小，邊緣有薄膜翅。分布江蘇、浙江、江西、福建、湖南、湖北、河南，四川、貴州等地。

劉表荒碑斷水濱，廟前幽草閉殘春。
已將愁淚留斑竹，又感悲風入白蘋。
八族未來誰北拱，四兇猶在莫南巡。
九峰相似堪疑處，望見蒼梧不見人。

——唐彥謙〈湘妃廟〉

斑竹又名瀟湘竹、湘妃竹、淚竹。《博物志》云：「堯之二女，舜之二妃，曰湘夫人，舜崩，二妃啼，以涕汨揮，竹盡斑。」大意是說二妃得知舜帝駕崩，悲痛萬分，眼淚流乾了，最後哭出血來，血淚灑在竹稈上便呈現出紫黑色的點點淚斑，便是「湘妃竹」。陳鼎《竹譜》稱「瀟湘竹」或「淚痕竹」。唐彥謙〈湘妃廟〉「劉表荒碑斷水濱，廟前幽草閉殘春。已將愁淚留斑竹，又感悲風入白蘋」的斑竹，和施肩吾〈湘竹詞〉「萬古湘江竹，無窮奈怨何。年年長春筍，只是淚痕多」的湘竹，都是來自同一典故。

孟郊〈楚竹吟酬盧虔端公見和湘弦怨〉「握中有新聲，楚竹人未聞」和宋之問〈遊陸渾南山自歇馬嶺到楓香林〉「楚竹幽且深，半雜楓香林」之楚竹，張籍〈贈太常王建藤杖筍鞋〉「蠻藤剪為杖，楚筍結成鞋」之楚筍，都是斑竹的別稱。

【識別特徵】

今名：斑竹

學名：*Phyllostachys bambusoides* Sieb. & Zucc. f. *lacrima-deae* Keng *et* Wen

科別：禾本科

散生中小型竹，稈高五至十公尺，徑達三至五公分；節間鮮綠色，具大小不等之淡墨色斑點。每小枝葉二到四片，葉帶狀披針形，長七至十五公分，寬一點二至二點三公分。小穗叢一至數個，小穗含花二至五朵，狹披針形，長二點五至三公分。筍期為五、六月。分布長江流域以南各地及四川、山東、河南、廣西等地。

綿衣似熱夾衣寒，時景雖和春已闌。
誠知暫別那惆悵，明日藤花獨自看。

——劉商〈送王永二首〉（其二）

紫藤為中國自古栽培的著名棚架觀賞植物，白居易〈傷宅〉「繞廊紫藤架，夾砌紅藥欄。攀枝摘櫻桃，帶花移牡丹」。文人皆愛以紫藤為題材詠詩作畫，在庭院中攀繞棚架作成花廊，或攀繞枯木，有枯木逢生之意。還可做成懸崖式盆景，置於高

几架、書櫃頂上，繁花滿樹，老椿橫斜，別有韻致。此即李白詩句所云：「紫藤掛雲木，花蔓宜陽春。密葉隱歌鳥，香風留美人。」

詩文中常稱紫藤為藤花，如劉禹錫〈同樂天和微之探春二十首〉（其十八）：「何處深春好，春深老宿家。小欄圍蕙草，高架引藤花。」王建〈飯僧〉：「別屋炊香飯，薰辛不入家。溫泉調葛麵，淨手摘藤花。」獨孤及〈垂花塢醉後戲題〉：「紫蔓青條拂酒壺，落花時與竹風俱。歸時自負花前醉，笑向鯈魚問樂無。」紫蔓也是指紫藤。

【識別特徵】

今名：紫藤

學名：*Wisteria sinensis*（Sims）Sweet

科別：蝶形花科

多年生落葉性木質大藤本；莖具纏繞性，莖右旋。一回奇數羽狀複葉，葉長十五至二十五公分，小葉七至十三枚，卵形或卵狀披針形，長四至十二公分。總狀花序下垂，長十五至三十公分，有二十至三十朵的花排列在枝端，春季開花，花冠紫色，長二點五至四公分。莢果倒披針形，長十至十五公分，密生黃色絨毛，懸垂枝上不脫落，有種子一至三粒。原產於中國、日本及北美。

綠樹陰濃夏日長，樓台倒影入池塘。
水精簾動微風起，滿架薔薇一院香。

——高駢〈山亭夏日〉

薔薇又名刺蘼、刺紅、買笑。玫瑰、月季和薔薇都是薔薇屬植物，一般人慣稱花朵直徑大、單生的品種為玫瑰或月季，小朵叢生的為薔薇。薔薇屬約有一百五十個原種和數千個品種，花色有乳白、鵝黃、金黃、粉紅、大紅、紫黑多種，李商隱〈日射〉：「日射紗窗風撼扉，香羅拭手春事違。回廊四合掩寂寞，碧鸚鵡對紅薔薇。」薔薇花朵有大有小，有重瓣、單瓣，但都簇生於梢頭，色澤鮮豔，氣味芳香，是香色並具的觀賞花。唐時寺廟及居家庭園常見栽種薔薇，賈島〈題興化寺園亭〉：「破卻千家作一池，不栽桃李種薔薇。薔薇花落秋風起，荊棘滿亭君自知。」可知興化寺的庭園種有很多薔薇。杜牧〈齊安郡後池絕句〉：「菱透浮萍綠錦池，夏鶯千囀弄薔薇。盡日無人看微雨，鴛鴦相對浴紅衣。」描繪的是居家庭院水池邊的薔薇花。

【識別特徵】

今名：薔薇

學名：*Rosa multiflora* Thunb.

科別：薔薇科

落葉蔓性灌木，高一至二公尺；植株叢生，枝細長，多刺。葉奇數羽狀複葉，互生，小葉五至九枚，倒卵狀圓形至長橢圓形，長一點五至三公分，寬零點八至二公分，先端急尖或稍鈍，葉緣銳鋸齒。繖房花序排成圓錐狀，花主要為白色，也有紅、黃、紫、黑色等，以紅色居多。春末、夏初開放，具芳香。果球形至卵形，徑約六公釐，褐紅色。分布華北、華東、華中、華南、西南等地。

第七章　南境悲歌

南境所指

在古代，中原人士稱長江以南地區為「蠻夷之地」。更偏遠的嶺南的百越之地，秦末漢初是南越國轄地，是很多中原人士不願意去的地方。嶺南道是唐朝貞觀十道之一，治所位於廣州，轄境包含今福建省、廣東省、海南省全部、廣西壯族自治區大部、雲南省東南部、越南北部地區。本章所言之南境係指唐代被貶謫至上述嶺南道範圍，另包含今貴州遵義一帶。

在唐代本區是皇帝貶謫官員最嚴厲、最偏遠的去處，也是政治鬥爭失敗集團的貶謫場所。

唐代貶謫至南境的著名詩人

宋之問（約西元六五六到七一二年）在武則天時期，因張易之連坐，降官為瀧州（今廣東羅定市）參軍。暗中逃回洛陽，後又諂事太平公主，貶越州長史。唐睿宗即位，又流放到欽州（今廣西欽州市），隨即賜死於桂州。

韓愈（西元七六八年到八二四年）與柳宗元是當

時古文運動的倡導者，合稱「韓柳」。元和十四年（西元八一九年年）正月，作〈諫迎佛骨表〉，被貶為潮州刺史（今廣東潮州市）。韓愈在貶謫之地用心治民興學。唐穆宗即位後奉旨回京，五十七歲病卒，追封「昌黎伯」。

　劉禹錫（西元七七二年八四二年）與柳宗元主張政治革新，失敗後貶為朗州（今湖南常德市）司馬。元和九年（八一五年），劉、柳一起被召回長安。但劉在遊覽玄都觀時作詩諷刺時政，又被貶為播州（今貴州省遵義市）刺史、連州（今廣東省連州市）刺史。

　柳宗元（西元七七三年到八一九年）是著名文學家、思想家，唐宋八大家之一。唐德宗貞元十九年被拔擢為監察御史，與

王叔文等人極力革新政治，稱為「永貞革新」。失敗後被貶為永州（治所在今湖南省永州市）司馬。元和十年接詔書回京，又被貶到柳州（今廣西柳州市）。

李德裕（西元七八七年到八五〇年）是唐朝宰相，是牛李黨爭中李黨領袖，牛黨當權，貶謫為西川（今四川成都）節度使。唐武宗時任命宰相，武宗死後，被唐宣宗流放到海南。

貶謫詩人的心情

唐代南境交通不便、生活落後，剛貶謫到此地的詩人大多心情淒苦，憂懼不安。有的寄傲林泉、縱情詩酒，以大自然的景色，撫平心靈的創傷，如柳宗元。有人不肯隨波逐流，每到一處，則有感而發，諷喻時政，寫出不少藉古諷今的懷古詩，如劉禹錫。有些則悲憤、消沉，抒發無端遭貶的不平，如韓愈。這些詩人有時雖然會產生避世思想，但大多還是保持正直與不屈的文人氣質。

貶謫詩人看植物

唐代的南境是人跡罕至的場域。詩人遠離權力核心，身處蠻荒、蛇蟲魍魎、瘴氣充塞，生死未卜、前途茫茫，看到中原地區沒有的熱帶植物，如榕樹、刺桐、椰子、檳榔、龍眼、朱槿、茉莉、美人蕉（紅蕉）等。植物在此已經不是美感的視覺享受，卻代表了詩人的頹廢、絕望、悲憤與淒苦。

宦情羈思共淒淒，春半如秋意轉迷。
山城過雨百花盡，榕葉滿庭鶯亂啼。

——柳宗元〈柳州榕葉落盡偶題〉

榕樹在《全唐詩》共出現五首，都是以廣西、廣東、福建為背景。柳宗元〈柳州榕葉落盡偶題〉描述荒僻的廣西柳州，百感交集。鶯啼本來美妙悅耳，沮喪所見居然是「滿庭鶯亂啼」。

許渾〈歲暮自廣江至新興往復中題峽山寺四首〉（其三）：「密樹分蒼壁，長溪抱碧岑。海風聞鶴遠，潭日見魚深。松蓋環清韻，榕根架綠

蔭。」峽山寺在今廣東省清遠縣，一樹成林的榕樹支柱根雖然壯觀，但詩人心情應該不會太舒坦。蘇芸〈嶺南詩句〉「郭里多榕樹，街中足使君」，古稱粵中為嶺南，在嶺南地區看到榕樹，當非詩人所願。另外兩首有關榕樹的詩作則是元結在當時也算偏遠地區的閩中所作。

【識別特徵】

今名：榕樹

科別：桑科

學名：*Ficus microcarpa* Linn. f.

常綠大喬木，高可達二十公尺以上；全株具乳汁，常有懸垂的氣生根及支柱根。葉革質，單葉，互生；葉片長六至十二公分，寬三至六公分，倒卵形或橢圓形，全緣。雄花、雌花及蟲癭花生長於同一花托內。果實為隱花果，腋生，初為綠色被白點，後轉為粉紅，成熟時則為黑紫色。分布廣西、浙江、廣東、湖北、雲南、福建、貴州等地，多生長於村邊、常綠闊葉林中。

蜀魂寂寞有伴未？幾夜瘴花開木棉。
桂宮留影光難取，嫣薰蘭破輕輕語。

——李商隱〈燕台四首・夏〉（節錄）

木棉在《全唐詩》共出現五首，其中有兩首說的是今廣東粵中地區，李商隱〈李衛公德裕〉：「絳紗弟子音塵絕，鸞鏡佳人舊會稀。今日致身歌舞池，木棉花暖鷓鴣飛。」寫的是被貶於粵中的李德裕，雖然木棉花開，但還是與在京城中的境遇不可同日而語。〈燕台四首・夏〉裡，木棉花居然成了瘴厲之花，可見心情惡劣之一斑。章碣〈送謝進士還閩〉「卻擁木棉吟麗句，便攀龍眼醉香醪」，背景在福建。

【識別特徵】

今名：木棉

學名：*Bombax malabarica* DC.

科別：木棉科

落葉大喬木，高可達二十五公尺；樹幹直，基部密生瘤刺。掌狀複葉，葉互生，小葉五至七片，長圓形至長圓狀披針形，長十至十六公分，寬三點五至五點五公分，全緣。花單生枝頂葉腋，通常紅色，有時橙紅色，花瓣肉質，倒卵狀長圓形。蒴果長圓形，長十至十五公分，徑四點五至五公分，成熟時五裂，內壁有白色長綿毛；種子多數，倒卵形，光滑。原產印度，斯里蘭卡、中南半島、馬來西亞、印尼至菲律賓及澳大利亞北部都有分布。

山鄉只有輸蕉戶，水鎮應多養鴨欄。
地僻尋常來客少，刺桐花發共誰看。

——張籍〈送汀州源使君〉（節錄）

刺桐在《全唐詩》共出現十八首，中原人士南來，看到刺桐火紅色花朵，印象一定很深刻。張籍〈送汀州源使君〉，汀州屬今福建省，刺桐花再美豔也沒人共賞。李郢〈送人之嶺南〉：「嵩台月照啼猿樹，石室煙含古桂秋。回望長安五千里，刺桐花下莫淹留。」友人離開長安，前往蠻夷之地，勸說不要在刺桐樹下停留。朱慶餘〈南嶺路〉：「越嶺向南風景異，人人傳說到京城。經冬來往不踏雪，盡在刺桐花下行。」南北風景相異，今昔心情不同。當然也有欣然享用南國風光的篇章，如王轂〈刺桐花〉：「南國清和煙雨辰，刺桐夾道花開新。林梢簇簇紅霞爛，暑天別覺生精神。」

【識別特徵】

今名：刺桐

學名：*Erythrina variegata* Linn.

科別：蝶形花科

落葉大喬木，高約二十公尺；幹具圓錐形皮刺，幼枝有黑色的小刺。三出複葉互生，膜質，小葉菱形或菱狀卵形。總狀花序，花大，蝶形，有橙紅、紫紅等色，早落；兩體雄蕊。莢果呈念珠狀，長十五至三十公分。種子圓形，紅色。原產於熱帶地區、華南各省沿海、太平洋諸島，北邊最遠到日本。

戰艦猶驚浪，戎車未息塵。
紅旗圍卉服，紫綬裹文身。
面苦桄榔浥，漿酸橄欖新。
牙檣迎海舶，銅鼓賽江神。

——白居易〈送客春遊嶺南二十韻〉（節錄）

橄欖已有二千多年的栽培歷史，鮮食或加工，是著名的亞熱帶特產果樹，福建是中國橄欖分布最多的省分。橄欖又名「青果」，一般水果初生時是青色，熟時變色；橄欖從生到熟，卻始終保持青翠。一說因果實尚呈青綠色時即可供鮮食而得名。橄欖又稱「忠果」、「諫果」，因初嚼時澀，後滿口甘味並有芳香，餘味無窮，比喻忠諫之言先苦後甜如同於忠臣苦諫。

【識別特徵】

今名：橄欖

學名：*Canarium album*（Lour.）Raeusch.

科別：橄欖科

常綠喬木，高十公尺以上。奇數羽狀複葉互生，小葉十一至十五片，對生，革質，長橢圓形至矩圓狀披針形，長六至十五公分，寬二點五至五公分，先端漸尖，基部偏斜，全緣。圓錐花序頂生或腋生，花瓣三至五枚，色黃白而芳香；雄蕊六枚；雌蕊一枚，子房上位。核果呈梭形，兩端鈍圓，長約三公分，初時黃綠色，後變黃白色，有皺紋。果核兩端銳尖，內有種子一至三顆。

百越風煙接巨鰲，還鄉心壯不知勞。
雷霆入地建溪險，星斗逼人梨嶺高。
卻擁木綿吟麗句，便攀龍眼醉香醪。
名場聲利喧喧在，莫向林泉改鬢毛。

——章碣〈送謝進士還閩〉

龍眼原產於中國南部及西南部，與荔枝、香蕉、菠蘿（鳳梨）合稱華南四大珍果。龍眼乾含殼保存，風乾的果實肉稱「桂圓」。《三輔黃圖》記載漢武帝嘗到荔枝、龍眼滋味後，便下令南方上貢，並從廣東交趾移來荔枝、龍眼樹一百株，栽植在扶荔宮。從西漢武帝起二百年間，龍眼、荔枝都是生鮮貢品，北朝西魏魏文帝也曾下詔：「南方果之珍異者，有龍眼、荔枝，令歲貢焉。」此南方係指福建、廣東、廣西等地。章碣〈送謝進士還閩〉記述唐時福建是「百越」之地，有木綿（棉）、龍眼等熱帶植物。

　龍眼、荔枝兩種水果的產區非常一致。一般而言，荔枝成熟比龍眼早，而且果實比龍眼大，因此，龍眼又稱「亞荔枝」、「荔枝奴」。

【識別特徵】

今名：龍眼

學名：*Euphoria longana* Lam.

Dimocarpuslongan Lour.

科別：無患子科

常綠大喬木，高五至十公尺。葉互生，偶數羽狀複葉，小葉二至六對，長橢圓形或長橢圓狀披針形，革質，全緣，上面暗綠色，有光澤，下面粉綠。圓錐花序頂生或腋生，花瓣五枚；雄蕊八枚。果核果狀，球形，果皮乾時脆殼質，不開裂；種子球形，褐黑色，有光澤，為肉質假種皮所包被。

秋風江上家，釣艇泊蘆花。
斷岸綠楊蔭，疏籬紅槿遮。
鼉鳴積雨窟，鶴步夕陽沙。
抱疾僧窗夜，歸心過月斜。

——喻鳧〈懷鄉〉

唐詩多稱朱槿為紅槿，如戎昱〈紅槿花〉：「花是深紅葉麴塵，不將桃李共爭春。今日驚秋自憐客，折來持贈少年人。」春夏開花，在華南地區甚至可開到秋天，還能在秋季「持贈」，無須與花期短暫的桃李爭春。劉言史〈樂府雜詞〉「不耐眼前紅槿枝，薄妝春寢覺仍遲」及漢徐凝〈誇紅槿〉「誰道槿花生感促，可憐相計半年紅」等，所稱的「紅槿」或「槿花」也都指朱槿。

但在謫居文人眼中，朱槿卻和瘴厲、毒霧、蛇蟲相關，李紳〈朱槿花〉「瘴煙長暖無霜雪，槿豔繁花滿樹紅」、李德裕〈謫嶺南道中作〉「愁衝毒霧逢蛇草，畏落沙蟲避燕泥……不堪腸斷思鄉處，紅槿花中越鳥啼」，再美豔也都是負面的感受。

【識別特徵】

今名：朱槿

學名：*Hibiscus rosa-sinensis* Linn.

科別：錦葵科

常綠灌木或小喬木，高約二至三公尺。單葉互生，葉闊卵形或狹卵形，長四至九公分，基部近圓形，邊緣有不整齊粗齒或缺刻。花朵大且美豔，花單生於上部葉腋間，常下垂；花冠漏斗形，直徑六至十公分，花瓣五，先端圓，花大而豔麗，有緋紅、淡紅、桃紅及黃白等色。蒴果卵形。花期全年。原產地為中國。

曲水分飛歲已賒，東南為客各天涯。
退公只傍蘇勞竹，移宴多隨末利花。
——皮日休〈吳中言懷寄南海二同年〉（節錄）

本植物唐詩已出現，剛開始稱末麗、末利，後來才定名茉莉。皮日休〈吳中言懷寄南海二同年〉，退公指韓愈，當時貶謫到廣東潮州，詩中用「末利花」。

晚唐趙鸞鸞〈檀口〉「銜杯微動櫻桃顆，咳唾輕飄茉莉香」已經改成「茉莉」了，詩中的「茉莉香」指茉莉花製成的香料或香水。茉莉的花極香，為花茶原料及重要的香精原料，宋代楊巽齋〈茉莉〉：「麝腦龍涎韻不作，熏風移種自南州。誰家浴罷臨妝女，愛把閑花插滿頭。」說到「浴罷臨妝女」喜歡在頭上插滿茉莉花，充分說明茉莉花的角色。

【識別特徵】

今名：茉莉

學名：*Jasminum sambac*（L.）Ait

科別：木犀科

直立或攀緣灌木，高達三公尺。葉對生，單葉，葉片紙質，圓形至倒卵形，長六至十二公分，寬三至七公分。聚繖花序頂生，通常有花三朵，花極芳香，花冠白色，花冠管長○點七至一點五公分。果球形，徑約一公分，呈紫黑色。主要分布在伊朗、埃及、土耳其、摩洛哥、阿爾及利亞、突尼斯，以及西班牙、法國、義大利等地中海沿岸國家，東南亞各國均有栽培。

嶺水爭分路轉迷，桄榔椰葉暗蠻溪。
愁衝毒霧逢蛇草，畏落沙蟲避燕泥。
五月畬田收火米，三更津吏報潮雞。
不堪腸斷思鄉處，紅槿花中越鳥啼。
——李德裕〈謫嶺南道中作〉

南宋趙汝適《諸蕃志》中有「渤泥國……有尾巴樹、加蒙樹、椰子樹，以樹心取汁為酒」，「加蒙樹」即桄榔。《全唐詩》共十三首詩出現桄榔。周繇〈送楊環校書歸廣南〉「山村象踏桄榔葉，海外人收翡翠毛」和元稹〈送嶺南崔侍御〉「桄榔麵磣檳榔澀，海

氣常昏海日微」，背景都在廣東。「桄榔麵」說的是桄榔樹幹澱粉製作的麵食，兩首詩沒有明顯的抑鬱情緒。而李德裕〈謫嶺南道中作〉句中則充滿了「暗蠻溪」、「毒霧」、「蛇草」、「沙蟲」等負面詞彙，桄榔在作者眼中已絕非美景佳樹了。

皮日休〈寄瓊州楊舍人〉：「德星芒彩瘴天涯，酒樹堪消謫宦嗟……請齋淨溲桄榔麵，遠信閑封豆蔻花。」「瓊州」在今海南，「酒樹」指可用花序或果汁釀酒的椰子或桄榔，皮日休用此當地特產，包括桄榔麵、豆蔻花等，稍微安慰遠謫的友人。

【識別特徵】

今名：桄榔

學名：*Arenga pinnata*（Wurmb.）Merr.

科別：棕櫚科

喬木狀，莖較粗壯，高五至十公尺。葉簇生於莖頂，長六至八點五公尺，羽狀全裂，羽片呈二列排列，線形或線狀披針形，上面綠色，背面蒼白色。肉穗花序腋生，花單性，雌雄同株，但生於不同的肉穗花序上。果實近球形，直徑四至五公分。種子三顆，黑色。生長於溫濕地區的石灰巖山林中。原產海南、廣西及雲南西部至東南部。中南半島及東南亞一帶亦產。

水流過海稀，爾去換春衣。
淚向檳榔盡，身隨鴻雁歸。
草思晴後發，花怨雨中飛。
想到金陵渚，酣歌對落暉。

——李嘉祐〈送裴宣城上元所居〉

漢賦開始記述檳榔，《全唐詩》共有九首詩出現檳榔。唐詩的檳榔樹都和被貶謫異地的心情有關，如李嘉祐〈送裴宣城上元所居〉詩所言，尤其是「淚向檳榔盡」句最為悲切。其他提到檳榔的唐詩還有元稹〈送嶺南崔侍御〉「桄榔麵磣檳榔澀，海氣常昏海日微」、曹鄴〈四怨三愁五情詩〉「檳榔自無柯，椰葉自無蔭。常羨庭邊竹，生筍高于林」、李白〈玉真公主〉「何時黃金盤，一斛薦檳榔。功成拂衣去，搖曳滄洲傍」等，詩句表達的都是悲愁怨懟的情緒。

海南一帶檳榔待客的風俗，西元三百零四年的《南方草木狀》〈檳榔篇〉，已有「廣交人凡貴勝族客，必先呈此果」的記載。古往今來，海南人把檳榔作為上等禮品，「親客來往非檳榔不為禮」。

【識別特徵】

今名：檳榔

學名：*Areca catechu* L.

科別：棕櫚科

莖直立，喬木狀，最高可達三十公尺，有明顯的環狀葉痕。葉簇生於莖頂，長一點三至二公尺。雌雄同株，花序多分枝，花序軸長二十五至三十公分，上部纖細，著生一列或二列的雄花，而雌花單生於分枝的基部；雄花小，無梗，通常單生；雌花較大，萼片卵形，花瓣近圓形。果實長圓形或卵球形，長三至五公分，橙黃色，中果皮厚，纖維質。種子卵形，胚乳嚼爛狀。

明時非罪謫何偏，鵬鳥巢南更數千。
酒滿椰杯消毒霧，風隨蕉葉下瀧船。

——陸龜蒙〈奉和襲美寄瓊州楊舍人〉（節錄）

漢賦開始記載椰子，《全唐詩》共十三首出現椰子，多是海南（瓊州）、廣東（嶺南）之作。其中和

謫成有關的有兩首，其一為陸龜蒙〈奉和襲美寄瓊州楊舍人〉，首先安慰友人「非罪謫何偏」，並奉勸多用椰杯喝酒消毒霧、去瘴氣。另一首為李德裕〈謫嶺南道中作〉：「嶺水爭分路轉迷，桄榔椰葉暗蠻溪。愁衝毒霧逢蛇草，畏落沙蟲避燕泥。」椰葉和前篇的桄榔，都變成瘴癘的同義詞。其餘各首詩也都與華南相關，如張謂〈岐王山亭〉「石榴天上葉，椰子日南枝」、王叡〈祠漁山神女歌二首〉「蓪草頭花椰葉裙，蒲葵樹下舞蠻雲」等。

【識別特徵】

今名：椰子樹

學名：*Cocos nucifera* L.

科別：棕櫚科

常綠喬木；樹幹挺直，高十五至三十公尺。羽狀複葉，長四至六公尺，小葉之裂片線狀披針形，長六十五至一百公分，寬三至四公分先端漸尖。佛焰花序腋生，單性花，雌雄同株；雄花聚生於分枝上部，雌花散生於下部。堅果倒卵形或近球形，果核兩端銳尖，長十五至二十五公分，內果皮骨質，近基部有三個萌發孔，種子一粒。廣泛分布於亞洲、非洲、大洋洲及美洲的熱帶濱海及內陸地區。

紅蕉花樣炎方識，瘴水溪邊色最深。
葉滿叢深殷似火，不唯燒眼更燒心。

——李紳〈紅蕉花〉

美人蕉原產印度熱帶地區，《全唐詩》共有三十一首詩引述美人蕉，當時稱「紅蕉」，白居易〈東亭閑望〉：「東亭盡日坐，誰伴寂寥身。綠桂為佳客，紅蕉當美人。」和朱慶餘〈杭州盧錄事山亭〉：「山色滿公署，到來詩景饒。解衣臨曲榭，隔竹見紅蕉。」

可能在漢代，最遲初唐已引進中國。當時南方多有栽種，遭放逐到南方「充滿瘴癘」之域的詩人，留下許多揪心之作，如引詩；王建〈送鄭權尚書南海〉詩勸慰鄭權：「白氎家家織，紅蕉處處栽。已將身報國，莫起望鄉台。」柳宗元〈紅蕉〉：「晚英值窮節，綠潤含朱光。以茲正陽色，窈窕凌清霜。遠物世所重，旅人心獨傷。回暉眺林際，戚戚無遺芳。」更是謫人自身體會的寫實之作。

【識別特徵】

今名：美人蕉

學名：*Canna indica* L.

科別：美人蕉科

多年生草本，株高一至二公尺；地下根莖橫臥生長，肉質肥大，富含澱粉。單葉互生，葉特大，葉片長三十至六十公分，寬十八至二十五公分，葉長橢圓形。花紅色或黃色，頂生穗狀花序或總狀花序；花萼片三，花瓣三瓣，通常狹而尖，花瓣與萼片聯結成一管狀；子房下位，三室。蒴果綠色，卵狀長圓形，有軟刺，徑二至三公分。種子五至十五粒，黑褐色。原產印度。

流落還相見，悲歡話所思。
猜嫌傷薏苡，愁暮向江籬。
柳色迎高塢，荷衣照下帷。

——劉長卿〈初貶南巴至鄱陽題李嘉祐江亭〉（節錄）

《全唐詩》開始載錄薏苡，共十六首，詩意多與貶謫南方有關。如權德輿〈送安南裴都護〉：「暫嘆同心阻，行看異積聞。歸時無所欲，薏苡或煩君。」唐時的安南，是偏遠所在，也是薏苡原產地。

成熟的薏苡果實呈白、灰、紫或藍色光澤，外觀酷似珠寶。東漢名將馬援為官南疆，榮歸故里時，帶回幾車薏苡，被人誣告是搜刮來的大量珠寶。後來形成成語「薏苡明珠」及「薏苡之謗」，意為受冤屈或受毀謗。劉長卿〈初貶南巴至鄱陽題李嘉祐江亭〉：「流落還相見，悲歡話所思。猜嫌傷薏苡，愁暮向江籬。柳色迎高塢，荷衣照下帷。」字裡行間充滿怨懟，有受冤屈含意。鄭環古〈吉州道中〉：「吉州新置掾，馳驛到條山。薏苡殊非謗，羊腸未是艱。自慚多白髮，爭敢競朱顏。若有前生債，今朝不懊還。」就直接使用「薏苡之謗」的典故了。

薏苡能當主食，陸龜蒙〈和襲美寒日書齋即事三首〉：「不必探幽上郁岡，公齋吟嘯亦何妨。唯求薏苡供僧食，別著氍毹待客船。」

【識別特徵】

今名：薏苡

學名：*Coix lacryma-jobi* L.

科別：禾本科

為一年生或多年生草本，株高約一至一點五公尺。葉片扁平寬大，開展，長十五至三十五公分，寬二至三公分，線狀披針形。總狀花序腋生成束，雌小穗位於花序之下部，外面包以骨質念珠狀之總苞；雄小穗二至三對，著生於總狀花序上部。果實為穎果，長約五公釐，果實成熟時，總苞堅硬而光滑，為卵狀或卵狀球形。產於越南、泰國、印度及緬甸等東南亞一帶。

第八章　離情懷憂

離別詩的產生

古人離家遠行主要原因不外乎遷謫、宦遊、出使、征戍等。古代道路崎嶇難行，交通不便，親朋之間本來見面就難，往往一別數載或一世永訣，生離等於死別，因此古人很重視離別。文人相別或擺酒餞行，或吟詩相送，內容大多依依不捨、纏綿淒切。除濃濃的感傷外，往往還有其他寄寓：或用以激勵勸勉，或用以抒發友情，或寄託詩人自己的理想抱負。

唐代送別詩的表達方法

唐詩常採用一般人熟悉的具體事物或物件來比喻懷念情思，又稱托物寓情。如杜牧〈贈別〉：「多情卻似總無情，為覺尊前笑不成。蠟燭有心還惜別，替人垂淚到天明。」

文人或使用自然現象及相關詞彙表達感情。如晁衡是日本人，離開中國時，詩人朋友贈別，儲光義〈洛中貽朝校書衡〉：「落日懸高殿，秋風入洞房。屢言相去遠，不覺生朝光。」用落日、秋風表現不捨；李白〈哭晁卿衡〉：「日本晁卿辭帝都，征帆一片繞蓬壺。明月不歸沉碧海，白雲愁色滿蒼梧。」用明月和白雲表達離情愁緒。

「傍晚」相關的詞彙也是唐代送別詩常出現的意象，如「斜陽」、「夕陽」、「晚鐘」、「晚風」、「歸鳥」、「暮雲」等。月光蒼涼、迷離，代表憂傷，秋代表蕭條寂寥，也是送別詩中慣用的意象。

詩人有時藉人工景物，以示送別，如古道、長亭、渡口、行舟等。孟郊〈送柳淳〉：「青山臨黃河，下有長安道。世上名利人，相逢不知老。」嚴維〈丹陽送韋參軍〉：「丹陽郭裡送行舟，一別心知兩地秋。日晚江南望江北，寒鴉飛盡水悠悠。」

文人經常利用植物，象徵別

離情緒。折柳送別的習俗始於漢代，源自《詩經．小雅．採薇》：「昔我往矣，楊柳依依；今我來思，雨雪霏霏。」「柳」「留」諧音，折柳有挽留惜別之意。唐詩用柳樹表達離情最著名的是王維〈送元二出使安西〉：「渭城朝雨浥輕塵，客舍青青柳色新。勸君更盡一杯酒，西出陽關無故人。」也有善用植物表達別離情思，如白居易〈琵琶行〉「潯陽江頭夜送客，楓葉荻花秋瑟瑟」、李白〈送友人〉：「此地一為別，孤蓬萬里征。浮雲遊子意，落日故人情。」

象徵別情思念的植物

柳是《全唐詩》出現次數最多的植物，共三千四百六十三首，其中大部分都與送別有關。楓香出現兩百七十八首，除了傷秋，其中半數以上都與送別有關，如李適〈送友人向恬州〉「青楓既愁人，白蘋亦靡靡」和張說〈南中別蔣五岑向青州〉「願作楓林葉，隨君度洛陽」等，楓樹都象徵別情。唐詩首創的離情植物，還有王維的食茱萸（共出現一百一十九首）和紅豆（十首）。另外，苦竹《全唐詩》共出現二十九首，亦大多與別情有關，李白、白居易、陸龜蒙等均用之表離別或思念之情，如白居易〈風雨晚泊〉「苦竹林邊蘆葦叢，停舟一望思無窮」。另，杜牧還用荳蔻，杜甫用菟絲，白居易用荻花等表達離情及懷念。這些詩人用以上植物象徵別離或情思，對後世的文學作品影響甚鉅。

紅豆生南國，春來發幾枝。
勸君多采擷，此物最相思。

——王維〈相思〉

王維這首〈相思〉使紅豆成了相思及純潔愛情的象徵。其後還有韓偓〈玉合〉：「羅囊繡兩鳳皇，玉合雕瀫鶒。中有蘭膏漬紅豆，每回拈著長相憶。」

紅豆一名相思子，春天開白或淡紅色花。「結子纍纍如綴珠」，種子像食用紅豆而略大，故名紅豆，乾後非常堅硬，唐代常用來鑲在首飾上。後唐牛希濟〈生查子〉「紅豆不堪看，滿眼相思淚」、清代黎簡〈二月十三夜夢於邕江上〉：「一度花時兩夢之，一回無雨一相思。相思墳上種紅豆，豆熟打墳知不知。」和《紅樓夢》〈紅豆詞〉「滴不盡相思血淚拋紅豆」均表現文人對紅豆的寄託和寓情，不僅包括男女之情，還包括親情、友情、人類相依相愛之情等。

【識別特徵】

今名：紅豆樹

學名：*Ormosia hosiei* Hemsl. *et* Wils.

科別：蝶形花科

常綠喬木，樹幹通直，高可達二十至三十公尺。葉為一回奇數羽狀複葉，互生，小葉五至九片，長橢圓狀倒卵形至橢圓狀倒披針形，長五至十二公分，寬二點五至五公分，全緣，表面綠色有光澤，背面灰白色。圓錐花序頂生或腋生，花白色或淡紅色。莢果木質，扁平，橢圓形或卵圓形。種子一至二個，近圓形，長一點三至二公分，鮮紅色，有光澤。產於華中和華東地區。

青青一樹傷心色，曾入幾人離恨中。
為近都門多送別，長條折盡減春風。

——白居易〈青門柳〉

根據統計，中國文學作品之中，出現的植物以「柳」最多，《全唐詩》共出現三千四百六十三首。柳樹有許多種，但栽植最普遍的是垂柳，文人最喜描繪，如《老殘遊記》描寫大明湖「四面荷花三面柳，一城山色半城湖」。

雖然「楊」和「柳」不同，一般卻常合稱。「柳」與「留」諧音，古人送別，折柳表達留戀難捨之情。楊巨源〈賦得灞岸柳留辭鄭員外〉「楊柳含煙灞岸春，年年攀折為行人」和羅隱〈柳〉「灞岸晴來送別頻，相偎相倚不勝春」等。王之渙〈送別〉：「楊柳東門樹，青青夾御河。近來攀折苦，應為別離多。」和李白〈送別〉：「斗酒渭城邊，壚頭醉不眠。梨花千樹雪，楊葉萬條煙。」「楊葉」和「萬條」都指垂柳。柳樹別稱很多，如引詩中之長條即指柳，李商隱〈無題〉「斑騅只繫垂楊岸，何處西南任好風」則稱柳為垂楊。

【識別特徵】

今名：垂柳

學名：*Salix babylonica* L.

科別：楊柳科

落葉喬木，高可達二十至三十公尺；枝條柔細下垂，性喜濕地。葉狹披針形至線狀披針形，長十至十五公分，寬五至十五公釐，先端長漸尖，基部楔形；細鋸齒緣，背面帶白色。花先葉開放，葇荑花序；雄花序長十五至二十公釐，雌花序長二至三公釐。蒴果成熟後二瓣裂，內藏種子多枚，種子上具有一叢綿毛。分布長江流域及黃河流域，各地均有栽培。全世界亦有引種。

縹渺臨風思美人，荻花楓葉帶離聲。
夜深吹笛移船去，三十六灣秋月明。

——許渾〈三十六灣〉

歷代詩人多用楓樹秋葉變紅表示秋意或傷秋，唐詩亦然，如韓偓〈秋郊閒望有感〉「楓葉微紅近有霜，碧雲秋色滿吳鄉」和杜牧〈山行〉「停車坐愛楓林晚，霜葉紅於二月花」皆是。淒涼的秋天常與離愁別緒聯繫在一起，楓紅自然也用來表示離情。許渾〈三十六灣〉以及孟浩然〈送王昌齡之嶺南〉「洞庭去遠近，楓葉早驚秋」等，莫不如此。陳陶〈溢城贈

別〉：「楚岸青楓樹，長隨送遠心。九江春水闊，三峽暮雲深。」以岸邊的楓樹象徵離情。李適〈送友人向恬州〉「青楓既愁人，白蘋亦靡靡」也以青楓等植物表達送別之意。許渾〈送杜秀才歸桂林〉和〈朝台送客有懷〉、賈島〈送董正字常州覲省〉、〈送崔嶠遊瀟湘〉、溫庭筠〈西江上送漁父〉、王維〈送從弟蕃遊淮南〉、〈送康太守〉等，不勝枚舉。

【識別特徵】

今名：楓香

學名：*Liquidambar formosana* Hance

科別：金縷梅科

落葉大喬木，高可達四十公尺。單葉常叢生枝端，掌狀三裂，闊卵形，邊緣有鋸齒。花單性，雄花排成總狀之穗狀花序，雄蕊多數，花藥紅色；雌花排成頭狀花序，直徑約十五公釐；花柱二分叉，柱頭常捲曲，紫紅色。多枚蒴果集生成圓球狀，密生星芒狀刺，果二裂；種子多角形或有窄翅。分布秦嶺、淮河以南，長江流域至越南北部。

獨在異鄉為異客，每逢佳節倍思親。
遙知兄弟登高處，遍插茱萸少一人。

——王維〈九月九日憶山東兄弟〉

漢朝開始在農曆九月九日重陽節，用絳囊盛茱萸繫於臂上，登山飲菊花酒，以消除厄運。引詩除了描述重陽節習俗，還表達對遠方兄弟深沉的思念。武元衡〈長安賊中寄題江南所居茱萸樹〉：「手種茱萸舊井傍，幾回春露又秋霜。今來獨向秦中見，攀折無時不斷腸。」及〈秋燈對雨寄史近崔積〉：「空庭綠草結離念，細雨黃花贈所思。蟋蟀已驚良節度，茱萸偏憶故人期。」都是以茱萸來表達相思之意。另外，杜甫〈九日藍田崔氏莊〉：「藍水遠從千澗落，玉山高並兩峰寒。明年此會知誰健，醉把茱萸仔細看。」也有離別相思的含意。

【識別特徵】

今名：食茱萸；紅刺

學名：*Zanthoxylum ailanthus* S. *et* Z.

科別：芸香科

落葉喬木，高達十五公尺，全株具有特殊香味；樹幹上常有銳刺，幼枝亦密被銳尖刺。奇數羽狀複葉，小葉九至二十七枚，厚紙質，橢圓形至長橢圓形，長七至十二公分，寬二至四公分，邊緣淺鈍鋸齒。頂生繖房狀圓錐花序；花小，花瓣淡黃白色。蓇葖果成熟時紅色，頂端有短喙。種子棕黑色，有光澤。分布華南地區，生中低海拔森林中。

兔絲附蓬麻，引蔓故不長。
嫁女與征夫，不如棄路旁。
結髮為君妻，席不暖君床。
暮婚晨告別，無乃太匆忙。

——杜甫〈新婚別〉（節錄）

古詩十九首第八首：「冉冉孤生竹，結根泰山阿。與君為新婚，兔絲附女蘿。兔絲生有時，夫婦會有宜，千里遠結婚，悠悠隔山陂。」詩中以菟絲（兔絲）代表依附、難以分離。杜甫〈新婚別〉「兔絲附蓬麻，引蔓故不長」句，典故源自於此。李白〈古意〉：「君為女蘿草，妾作菟絲花。輕條不自引，為逐春風斜……女蘿發馨香，菟絲斷人腸。」也有相同的意涵，指糾纏不清的感情。元稹〈兔絲〉：「人生莫依倚，依倚事不成。君看兔絲蔓，依倚榛與荊。」卻是勸戒心存依賴之事。後來由菟絲的寄生植物特性，引申出代表女人出嫁，王建〈宋氏五女〉：「五女誓終養，貞孝內自持。兔絲自縈紆，不上青松枝。」「不上青松枝」就是不嫁人之意。

【識別特徵】

今名：菟絲子

學名：*Cuscuta chinensis* Lam.

科別：菟絲子科

一年生寄生草本；莖細柔呈線狀，黃色，隨處生吸器，侵入寄主組織內。無綠色葉，而有三角狀卵形的鱗片葉。花白色，簇生，近無柄；花冠壺形；雄蕊五枚；雌蕊短，子房二室。蒴果扁球形，徑約三公釐；種子二到四粒，卵圓形或扁球形。全中國大部分地區有分布，生長於田邊、荒地及灌木叢間。

金陵勞勞送客堂，蔓草離離生道傍。
古情不盡東流水，此地悲風愁白楊。
我乘素舸同康樂，朗詠清川飛夜霜。
昔聞牛渚吟五章，今來何謝袁家郎。
苦竹寒聲動秋月，獨宿空簾歸夢長。

——李白〈勞勞亭歌〉

苦竹竹筍味苦，杜甫描寫〈苦竹〉：「青冥亦自守，軟弱強扶持。味苦夏蟲避，叢卑春鳥疑。」苦竹由於葉片下垂，姿態悠美，白居易〈琵琶行〉：「潯陽地僻無音樂，終歲不聞絲竹聲。住近湓江地低濕，黃蘆苦竹繞宅生。」詩中苦竹作為綠籬用。詩人有時用苦竹來表達離情，李白〈勞勞亭歌〉和孟浩然〈尋白鶴岩張子容隱居〉：「歲月青松老，風霜苦竹疏。睹茲懷舊業，回策返吾廬。」皆是。

【識別特徵】

今名：苦竹

學名：*Pleioblastus amarus*（Keng）**Keng f.**

科別：禾本科

小喬木或灌木狀，高三至五公尺；稈粗十五至二十公釐，節下方粉環明顯；籜環留有籜鞘基部木栓質的殘留物。地下莖為混生型，散生或叢生。葉片橢圓狀披針形，長四至二十公分，寬十二至二十九公釐，先端短漸尖。總狀花序或圓錐花序，具三至六小穗，花序側生於小枝下部之節上；小穗含八至十三朵小花。花柱短，柱頭三枚，羽毛狀。分布河南山區及長江流域，生於山坡、石縫、林緣。

娉娉嫋嫋十三餘，豆蔻梢頭二月初。
春風十里揚州路，捲上珠簾總不如。

——杜牧〈贈別〉

《全唐詩》有二十四首出現豆蔻，皇甫冉〈浪淘沙〉「蠻歌荳蔻北人愁，松雨蒲風野艇秋」、方干〈蜀中〉「閑來卻伴巴兒醉，豆蔻花邊唱竹枝」，可見豆蔻在蜀中和南方常有栽種。李涉〈與柳州劉中丞〉「瘴山江上重相見，醉裡同看荳蔻花」和韓翃〈送客遊江南〉「月淨鴛鴦水，春生豆蔻枝。賞稱佳麗地，君去莫應知」兩首，豆蔻代表佳麗或女性。

引詩是送給年輕的歌伎，溫柔委婉，杜牧用二月初的豆蔻花來讚美，連繁華的揚州美女都無法比擬，博得才子的眷戀與不捨。從此也用「荳蔻年華」形容青春少女。

【識別特徵】

今名：紅豆蔻

學名：*Alpinia galanga* Willd.

科別：薑科多年生草本，高二公尺；根莖塊狀。葉片長橢圓形至披針形，長二十五至三十五公分，寬六至十公分。圓錐花序，由植株頂端生出；花冠綠白色或稍帶淡黃，小苞片及萼筒宿存，唇瓣白色而有紅線條，深二裂。果橢圓形，長十至十五公釐，徑七公釐，橙紅色。原產於印度尼西亞，分布廣東、廣西至雲南，生於山溝陰濕處，多栽培於樹陰下。

潯陽江頭夜送客，楓葉荻花秋瑟瑟。
主人下馬客在船，舉酒欲飲無管弦。
醉不成歡慘將別，別時茫茫江浸月。

——白居易〈琵琶行〉（節錄）

荻的葉及花穗皆類似芒草，但均較大。荻又名「萑」，開花前的荻又名「菼」、「薍」，開花結實以後才稱作「荻」。秋天花集合成黃白色的花序，和紅色的楓葉相輝映，非常美麗。引詩表示荻的花期是在秋季。

冷風蕭瑟的秋季常會勾起思親愁緒，荻花在許多唐詩代表秋懷：杜甫〈秋興八首〉（其二）：「畫省香爐違伏枕，山樓粉堞隱悲笳。請看石上藤蘿月，已映洲前蘆荻花。」岑參〈楚夕旅泊古興〉：「獨鶴唳江月，孤帆凌楚雲。秋風冷蕭瑟，蘆荻花紛紛。」都是。荻花有時則蘊含著思念，韋應物〈答李浣〉：「馬卿猶有壁，漁父自無家。想子今何處，扁舟隱荻花。」有時表達懷古情緒，劉禹錫〈西塞山懷古〉：「人世幾回傷往事，山形依舊枕寒流。今逢四海為家日，故壘蕭蕭蘆荻秋。」

【識別特徵】

今名：荻

學名：*Triarrhena sacchariflora*（Maxim.）Nakai

科別：禾本科

多年生禾草，稈直立，高一點五公尺。葉扁平，寬線形，長二十至五十公分，寬五至十五公釐；葉緣細鋸齒狀，中脈白色，粗壯。圓錐花序，舒展成繖房狀，長十至二十公分，具十至二十枚較細弱的分枝，直立而後展開；小穗線狀披針形，長五公釐，成熟後褐色，基部有絲狀長毛。穎果長圓形，長一公釐。分布東北各省、河北、山東、甘肅、陝西等省之山坡地、平原、丘陵地、河岸濕地。

第九章 貴妃情牽

唐明皇和楊貴妃

根據歷史記載楊貴妃名叫楊玉環，長得豐腴豔麗，善歌舞，通音律，原來是唐玄宗第十八子壽王李瑁的妻子。西元七百三十七年，玄宗寵愛的武惠妃去世，後宮數千宮娥，無一能使玄宗滿意。深知玄宗心意的太監高力士，先安排楊玉環進皇家寺院出家，再以「楊太真」身分入宮，當了玄宗六年的情婦。西元七百四十五年，唐玄宗六十歲，楊玉環二十八歲冊封為貴妃，從此「三千寵愛集一身」、「君王從此不早朝」。楊貴妃的堂兄楊國忠也因此平步青雲，成為宰相。

沉香樓之戀

唐興慶宮曾是唐玄宗李隆基為太子時的宮邸。唐開元二年（西元七一四年），李隆基登基，改建興慶宮為皇宮。唐代二十二個皇帝都住大明宮，只有唐玄宗住興慶宮，自此玄宗與楊貴妃常年在宮內享樂。興慶宮南半部有龍堂、長慶殿、華萼相輝樓和親政務本樓等高大建築物。龍池是宮前大湖，湖中靠東岸上建有以沉香木為主建構的沉香亭，可俯望全湖。唐玄宗、楊貴妃常在興慶宮內舉行大型活動，在沉香亭進行文藝演出，唐詩中留下許多佳作名句。李白著名的〈清平調〉便是在興慶宮的沉香亭內完成的。

安史之亂與馬嵬坡之變

開元末年，承平日久，國家無事，唐玄宗已無向上求治的精神。改元天寶後，唐玄宗更耽於享樂，寵幸楊貴妃，國政先後交由李林甫、楊國忠把持，政治愈加腐敗。兩人排斥忠良，專權用事達十六年，以致諂媚當道，國事日非，讓安祿山有機可乘。

天寶十四年（西元七五五年），安祿山、史思明藉口討伐楊國忠，發動叛亂，是為安史之亂。第二年，安祿山攻入潼關，唐玄宗帶著楊貴

妃與楊國忠逃往蜀中，途經馬嵬坡驛站時，禁衛軍停步不前，要求立即處死楊國忠兄妹，否則不再保護皇帝前行。楊國忠逃進西門內，士兵蜂擁而入，將其亂刀砍死。楊國忠死後，士兵將館驛圍住，又要求唐玄宗賜死楊貴妃。貴妃最後縊死於佛堂前，方才穩住軍心。此即馬嵬坡之變。

與楊貴妃相關的植物

楊貴妃喜歡吃荔枝，皇帝為博取美人歡心，不惜勞師動眾，從千里之外的廣東和福建（或四川）運至長安，所謂「一騎紅塵妃子笑，無人知是荔枝來」（杜牧）。其次是牡

丹，興慶宮沉香亭前種有各色牡丹，李白奉命在沉香樓寫〈清平調詞〉，第一首之「露華濃」指帶露的牡丹；第二首「一枝紅豔」也是指牡丹；第三首「名花傾國兩相歡」，名花既是牡丹也指美人楊貴妃。梨和楊貴妃也有相關，唐玄宗懂音律，為取悅貴妃，嘗教弟子於「梨園」；楊貴妃最後縊死之處，就在馬嵬坡佛堂前的梨樹下。「華清宮」的「海棠湯」是專供楊貴妃沐浴的湯池。古代女人用煮後的澤蘭沐浴，即所謂的「蘭湯沐浴」，據考證貴妃也使用澤蘭洗浴。楊貴妃香消玉殞之後，玄宗「行至扶風道，道旁有花。寺畔見石楠樹團圓。」此樹稱為「端正樹」，即玄宗思念貴妃的「相思樹」。

之子時相見，邀人晚興留。
霽潭鱣發發，春草鹿呦呦。
杜酒偏勞勸，張梨不外求。
前村山路險，歸醉每無愁。

——杜甫〈題張氏隱居二首〉（其二）

梨樹是栽培最為普遍的果樹，包括白梨（*Pyrus bretschneideri* Rehd.）、沙梨（*Pyrus pyrifolia*（Burm. f.）Nakai）、秋子梨（*Pyrus ussuriensis* Maxim.）都原產中國。根據《詩經》、《齊民要術》等古籍記載，梨樹栽培的歷史在四千年以上。不同種類的梨味道和口感完全不同。徐鉉〈贈陶使君求梨〉「昨宵宴罷醉如泥，惟憶張公大谷梨」，「大谷梨」是大谷產之梨，是著名之良種梨，《文選》潘嶽〈閒居賦〉也載有此名種梨：「張公大谷之梨，梁侯烏椑之柿。」

梨樹的花一般爲純白色，氣味淡雅。元稹〈江花落〉：「日暮嘉陵江水東，梨花萬片逐江風。江花何處最腸斷，半落江流半在空。」劉方平〈春怨〉：「紗窗日落漸黃昏，金屋無人見淚痕。寂寞空庭春欲晚，梨花滿地不開門。」

唐玄宗懂音律，嘗教弟子於梨園，這是楊貴妃最受寵的年代。安祿山之亂後，原來的梨園弟子作鳥獸散，王建〈溫泉宮行〉詩記錄其事：「禁兵去盡無射

獵，日西麋鹿登城頭。梨園弟子偷曲譜，頭白人間教歌舞。」另外，白居易〈長恨歌〉：「西宮南內多秋草，落葉滿街紅不掃。梨園弟子白髮新，椒房阿監青娥老。」也記載年老梨園弟子的慘狀。馬嵬坡之變時，楊貴妃就被縊死於佛堂前的梨樹下。

【識別特徵】

今名：梨

學名：*Pyrus bretschneideri* Rehd.

科別：薔薇科

落葉喬木，高達五至八公尺。葉片卵形或橢圓卵形，長五至十一公分，寬三點五至六公分，先端漸尖稀急尖，基部寬楔形，邊緣有尖銳鋸齒，齒尖有刺芒。繖形總狀花序，有花七至十朵，花多白色。梨果實卵形或近球形，長二點五至三公分，直徑二至二點五公分，四至五室；種子倒卵形，褐色。分布在華北、東北，西北及長江流域各省。

石楠紅葉透簾春，憶得妝成下錦茵。
試折一枝含萬恨，分明說向夢中人。

——權德輿〈石楠樹〉

端正樓在驪山華清宮內，是楊貴妃梳洗之所，附近有楊妃沐浴之所海棠湯。還有著名的長生殿，天寶年間，玄宗貴妃經常出入此處。不過這相思樹並不在端正樓前，而是在馬嵬坡西扶風道上。楊貴妃香消玉殞後，玄宗繼續西行，「行至扶風道，道旁有花。寺畔見石楠樹團圓，愛玩之，因呼為端正樹，蓋有所思也。」可見這端正樹就是石楠樹，因為寄託著玄宗的思念之情，因而呼作「相思樹」。唐代早有稱石楠為相思樹的例子，溫庭筠〈題望苑驛．東有馬嵬驛西有端正樹一作相思樹〉就有「花影至今通博望，樹名從此號相思」的句子，所以端正樹就是相思樹，相思樹就是石楠樹。

徐夤〈再幸華清宮〉：「腸斷將軍改葬歸，錦囊香在憶當時。年來卻恨相思樹，春至不生連理枝。」說明唐明皇和楊貴妃情濃之時，所見相思樹枝幹皆兩

兩相接成連理枝；貴妃香消玉殞之後，唐明皇所見之相思樹，已經「春至不生連理枝」了。

【識別特徵】

今名：石楠

學名：*Photinia serrulata* Lindl.

科別：薔薇科

常綠灌木或小喬木，高三至六公尺，有時可達十公尺。葉片革質，長橢圓形、長倒卵形至倒卵狀橢圓形，長九至二十二公分，寬三至六點五公分，邊緣有疏生具腺細鋸齒，近基部全緣。複繖房花序頂生，花瓣白色，近圓形。果實球形，直徑五至六公釐，紅色，後成褐紫色，有一粒種子；種子卵形，長二公釐。產陝西、甘肅、河南、江蘇、安徽、浙江、江西、湖南、湖北、福建、臺灣、廣東、廣西、四川、雲南、貴州，日本、印尼也有分布。

長安回望繡成堆，山頂千門次第開。
一騎紅塵妃子笑，無人知是荔枝來。

——杜牧〈過華清宮三絕〉（其一）

中國古籍荔枝最初作「離枝」，司馬相如〈上林賦〉：「隱夫薁棣，荅遝離支」，此「離支」（離枝）就是荔枝。荔枝原產廣東、廣西及海南，栽種已有二千年歷史。據《王禎農書》記載，中國荔枝在元代已經遠銷西夏、新羅、日本、琉球、大食等地。

楊貴妃喜歡吃的荔枝都是勞師動眾、專車日夜兼程從南方運到長安，引詩說的正是此事。張祜〈馬嵬坡〉：「旌旗不整耐君何，南去人稀北去多。塵土已殘香粉豔，荔枝猶到馬嵬坡。」逃難其間，荔枝專車還是跟著皇帝跑，直到楊貴妃殞命馬嵬坡，荔枝依然準時送達。杜甫〈解悶十二首〉「先帝貴妃今寂寞，荔枝還復入長安」說的是唐明皇、楊貴妃去世後，荔枝還源源不絕地運入長安。

唐時荔枝雖僅分布在華南諸省，但一定有在分布

區外試種的企圖。根據記載，唐代四川成都就有引種成功的例子，張籍〈成都曲〉「錦江近西煙水綠，新雨山頭荔枝熟」可為證。錦江在今成都市區，這首詩記載附近山坡上的荔枝成熟之事。

【識別特徵】

今名：荔枝

學名：*Litchi chinensis* Sonn.

科別：無患子科

常綠喬木，高約十公尺。偶數羽狀複葉互生，小葉二至四對，對生，具柄，葉片披針形至卵狀披針形，長六至十五公分，寬二至四公分，全緣、上面深綠色，有光澤，背面粉綠。圓錐花序，花序頂生，花雜性。核果球形或卵形，長二至三點五公分，果皮暗紅色至鮮紅色，有小瘤狀突起。種子外被白色肉質假種皮，易與核分離。種子矩圓形，褐色至黑紅色，有光澤。分布中國的西南部、南部和東南部。

一枝紅豔露凝香，雲雨巫山枉斷腸。
借問漢宮誰得似，可憐飛燕倚新妝。

——李白〈清平調詞〉

牡丹有許多別稱，一曰「花王」，出自《本草綱目》：「群芳中以牡丹為第一，故世謂花王。」一曰「國色」，出自李正封〈詠牡丹〉。牡丹栽培的歷史較晚，大約在漢代，由於其花似芍藥，故又名木芍藥。在唐代牡丹已十分普遍，《杜陽雜記》：「高宗宴群臣賞雙頭牡丹。」《酉陽雜俎》：「穆宗皇帝殿前種千葉牡丹，花始開香氣襲人。」唐以後始廣傳牡丹之名，劉禹錫〈賞牡丹〉：「庭前芍藥妖無格，池上芙蕖淨少情。惟有牡丹真國色，花開時節動京城。」白居易〈買花〉：「帝城春欲暮，喧喧車馬度。共道牡丹時，相隨買花去」等，稱牡丹為國色。

宋樂史《楊太真外傳》記載：「開元中，禁中重木芍藥，即今牡丹，……移植於興慶池東沉香亭前。」即沉香亭前種了各品種的牡丹花。樂師李龜年率梨園弟子想要演奏，唐明皇有意見，說：「賞名花，對妃

子，焉用舊樂詞為」，宣賜翰林學士李白作〈清平調詞〉三篇。李白的〈清平調詞〉第一首寫道：「雲想衣裳花想容，春風拂檻露華濃。若非群玉山頭見，會向瑤台月下逢」，「露華濃」指帶露的牡丹；〈清平調詞〉第二首寫道：「一枝紅豔露凝香，雲雨巫山枉斷腸。借問漢宮誰得似，可憐飛燕倚新妝」，詩中用「一枝紅豔」指牡丹。〈清平調詞〉第三首：「名花傾國兩相歡，長得君王帶笑看。解釋春風無限恨，沉香亭北倚闌干」，以名花指牡丹，傾國指貴妃，兩首都是用牡丹比喻楊貴妃，牡丹和貴妃都「長得君王帶笑看」。

【識別特徵】

今名：牡丹

學名：*Paeonia suffruticosa* Andr.

科別：牡丹科

落葉小灌木，株高一至二公尺；根肉質，粗而長。葉互生，葉片通常為二回三出複葉，枝上部常為單葉，小葉片有披針、卵圓、橢圓等形狀，頂生小葉常為二至三裂，葉上面深綠色或黃綠色，下為灰綠色。花大色豔，花徑十至三十公分；花的顏色有白、黃、粉、紅、紫紅、紫、等色。蓇葖果，每一果角結籽七至十三粒。

曲岸蘭叢雁飛起，野客維舟碧煙裡。
竿頭五兩轉天風，白日楊花滿流水。

——王初〈舟次汴堤〉

《唐詩》、《詩經》、《楚辭》中所提到的蘭，都是澤蘭類，常見的有三種：澤蘭、華澤蘭及佩蘭。古時婦人將枝葉揉和油脂作潤髮用，謂可使秀髮光亮如澤，稱之「澤蘭」。澤蘭類植物多生澤旁、河岸邊，如王初〈舟次汴堤〉「曲岸蘭叢雁飛起，野客維舟碧煙裡」詩句所言。也如杜牧〈懷鍾陵舊遊四首〉：「十頃平壺堤柳合，岸秋蘭芷綠纖纖。一聲明月採蓮女，四面朱樓捲畫簾。」所描述的澤蘭和白芷常在岸邊和柳樹一起生長。

澤蘭自古即為著名的香草，莖葉有香氣，佩在身上，可以避邪氣，而且古時只有道德高尚的人，才有資格佩帶澤蘭，所謂「德芬芳者佩蘭」也，鮑溶〈送王損之秀才赴舉〉：「青門珮蘭客，淮水誓風流。名在鄉書貢，心期月殿遊。」佩帶澤蘭的客人是受敬重的讀書人。植株煮後可用來沐浴，即「蘭湯沐浴」

之意。

唐詩中提到「蘭」的詩句很多，除了張九齡〈感遇〉「蘭葉春葳蕤，桂華秋皎潔」、王昌齡〈同從弟南齋翫月憶山陰崔少府〉「千里共如可，微風吹蘭杜」、齊己〈遊橘洲〉「春日上芳州，經春蘭杜幽」、李白〈鸚鵡洲〉「煙開蘭葉香風暖，岸夾桃花錦浪生」等，均為句意幽美的詩句。

【識別特徵】

今名：澤蘭

學名：*Eupatorium japonicum* Thunb.

科別：菊科

多年生草本，高零點三至一點二公尺；莖方形，常呈紫紅色。葉對生，橢圓形至長橢圓形，長五至二十公分，寬三至六公分，表面光滑；葉緣有深或淺之鋸齒。頭花集生成繖房狀；均為管狀花，花冠白色，不明顯二唇形，上唇近圓形，下唇三裂。瘦果有腺點及柔毛。分布東北、華北、華中、華南及西南各省山坡草地或灌叢、水澤地和河岸水邊。

第十章 唐時衣著

古代的紡織纖維

古代紡織品只有天然纖維，包括植物和動物纖維。植物纖維可分為種子纖維（棉、木棉）、葉纖維（瓊麻、蕉麻）或莖纖維（苧麻、亞麻、大麻、麻）。動物纖維又稱天然蛋白質纖維，分為毛髮類纖維（綿羊毛、山羊毛、駱駝毛、兔毛、犛牛毛）、腺分泌物纖維（桑蠶絲、柞蠶絲）。腺分泌物纖維和植物有關，是桑葉或柞樹飼蠶吐絲。

唐以前的服飾原料

《淮南子》云：「冬日被裘罽，夏日服絺紵」，「罽」為毛織物，「絺」為細葛布，「紵」為苧麻。貴族冬季穿皮衣及毛衣，夏季穿細葛布及紵麻衣。唐代之前，一般民眾的衣物主要取自葛藤、苧麻及大麻等植物。和紡織纖維相關的植物還有桑、檿、穀等，其中最重要者為桑。甲骨文已有桑字，表示商代之前已飼養家蠶取絲。

從《詩經》記載得知，唐以前的紡織纖維原料有葛、麻、紵、穀、桑、檿、褧等。

唐以前的紡織染料

染料是能夠使一定顏色附著在纖維上的物質，且不易脫落、變色。染料通常溶於水中，一部分的染料需要媒染劑使染料能黏著於纖維上。古代使用的染料大多為天然礦物或從動植物中提取出的天然色素。植物染料是指利用自然界之花、草、樹木、莖、葉、果實、種子、皮、根提取色素作為染料。藍色主要從藍草中提取，能製靛的藍草有多種，古代中原地區用的是蓼藍。紅色最初是用赤鐵礦粉末，後來用

朱砂（硫化汞）等礦物。周代開始使用茜草染赤，茜草根含有茜素，以明礬為媒染劑可染出紅色。漢代起，大規模種植茜草，一直延續到唐代。黃色，早期主要用梔子。梔子的果實中含有黃色素，是直接染料。其他黃色染料還有地黃、槐樹花、黃蘗、薑黃、柘黃等。染黑主要用櫟實、橡實、五倍子、柿葉、冬青葉、栗殼、蓮子殼、鼠尾葉、烏桕葉等。

中國文學經典《詩經》中提到的染料植物有：藎草、茜草（茹藘）、蓼藍、楰（鼠李）、柘樹等。

唐詩植物紡織原料和植物染料

桑出現在《全唐詩》共七百一十首，可見唐代重視蠶絲生產。麻在唐詩出現兩百一十三首，僅次於桑。葛出現一百零二首。苧麻可織成夏布、地毯、麻袋，出現六十首。「橦」或「綿」只有十六首提到，指的都是棉，應為原產印度的樹棉，大概唐或以前引進。

唐詩提到的染料植物以黃色染料之槐出現最多，共三百一十五首。王室專用的黃色染料植物柘樹共有九十六首。梔子果實也是黃色染料，共四十二首。

花晒乾之後可作紅色染料或胭脂紅色染料的紅花有二十一首。茜草則出現二十九首。

故人具雞黍，邀我至田家。
綠樹村邊合，青山郭外斜。
開軒面場圃，把酒話桑麻。
待到重陽日，還來就菊花。

——孟浩然〈過故人莊〉

《全唐詩》中提到桑的著名詩句有王維〈渭川田家〉「雉雊麥苗秀，蠶眠桑葉稀」、李白〈春思〉「燕草如碧絲，秦桑低綠枝」、王昌齡〈塞上曲〉「蟬鳴桑樹間，八月蕭關道」和僧皎然〈尋陸鴻漸不遇〉「移家雖帶郭，野徑入桑麻」等。

桑葉為養蠶的主要飼料，是中國最早栽培的樹種之一，也是古時民宅附近最普遍的植栽，杜牧〈村行〉：「春半南陽西，柔桑過村塢。」養蠶栽桑是古代重要的農業活動，皇后每年春季都要舉行蠶桑儀式，《白虎通》：「王者所以親耕，后親桑，所以率天下農蠶也。」但是，桑樹的用途不只是養蠶，桑木做的弓，稱為桑弧。古代諸侯生子，用桑弧向天地四方射蓬草做的箭，表示兒子將來有四方之志，宋朝朱熹《次韻擇之進賢道中漫成》之二：「豈知男子桑蓬志，萬里東西不作難。」

【識別特徵】

今名：白桑；桑；家桑

學名：*Morus alba L.*

科別：桑科

落葉喬木或灌木，植株具乳汁，高三至十公尺。葉卵或闊卵形，長五至十五公分，寬五至十二公分，先端急尖至長尾狀，基部心形至淺心形；粗鈍鋸齒緣。花單性；雄花序下垂，雄花，花被片淡綠色；雌花序長一至二公分。聚合果（椹果）卵狀橢圓形，長一至二點五公分，成熟時紅色或暗紫色。原產華北和華中，現在世界各地均有栽培。

萬壑樹參天，千山響杜鵑。
山中一夜雨，樹杪百重泉。
漢女輸橦布，巴人訟芋田。
文翁翻教授，不敢倚先賢。

——王維〈送梓州李使君〉

「橦」在漢朝以前的文獻極少出現。橦究竟是什麼植物，文獻大多語焉不詳。左思〈蜀都賦〉「布有橦華」，《文選》注云：「橦華柔毳，可績為布。」只知「橦花」可用來織布。直到元代之陳高〈種橦花〉云：「炎方有橦樹，衣被代蠶桑……高者三尺強。鮮鮮綠葉茂，燦燦金英黃。結實成秋繭，皎潔如雪霜」說「橦樹」有金黃色的花，結成白色似蠶繭的果實，採收後可織布，綜合這些特徵及描述得知此樹就是棉花。

棉花有多種，最早引進中國且可長成樹的種類應為原產印度的樹棉，即唐詩所言之「橦」或「橦樹」。王維〈送梓州李使君〉詩中所提之梓州在今四川省，唐時尚有許多少數民族（原住民）雜居，「巴人」即為其一。有關棉花或橦花、橦布的唐詩還有王維〈送李員外賢郎〉「魚箋請詩賦，橦布作衣裳」、韓翃〈送李明府赴連州〉「春服橦花細，初筵木槿芳」和白居易〈醉後狂言酬贈蕭殷二協律〉「吳綿細軟桂布密，柔如狐腋白似雲」，「吳綿」為棉花製作之棉布。

【識別特徵】

今名：樹棉

學名：*Gossypium arboreum* L.

科別：錦葵科

多年生亞灌木至灌木，高一至三公尺。葉掌狀五裂，裂片長圓狀披針形，深裂達葉片的二分之一，直徑約四至八公分。花單生，花冠金黃色，中央暗紫色，徑約十公分，花瓣倒卵形，長四至五公分；花萼淺杯狀，近截形。莢果卵形，下垂，長三公分，具喙。種子分離，卵圓形，直徑五到八公釐，混生白色長棉毛和不易剝離的短棉毛。原產印度，現今亞洲和非洲熱帶仍廣泛栽培。

餘杭邑客多羈貧，其間甚者蕭與殷。
天寒身上猶衣葛，日高甑中未拂塵。
——白居易〈醉後狂言酬贈蕭殷二協律〉（節錄）

葛的莖皮纖維可供織布和造紙或繩，葛衣、葛巾均為平民夏日服飾，即《韓非子．五蠹》記載之「冬日麑裘，夏日葛衣」。薛能〈水帘吟〉「毫客每來清夏葛，愁人才見認愁檐」、李群玉〈校書叔遺暑服〉「翠芸箱裡疊楤櫳，楚葛湘紗淨似空。便著清江明月夜，清涼與掛一身風」之「夏葛」和「楚葛」都是葛皮纖維織造的衣服。引詩述說窮苦人士天氣寒冷，還是只能穿葛衣的慘狀。

歷史上著名的「葛巾」是用葛布縫製的頭巾。戴葛布頭巾、穿鄉野粗布衣服，指隱士或道士的服飾。如陸龜蒙〈藥名離合夏日即事〉：「避暑最須叢樸野，葛巾筠席更相當。歸來又好乘涼釣，藤蔓陰陰著雨香。」陶淵明嗜酒，看到酒等不及濾布或濾器到來，著急地用頭巾濾酒，濾後又照舊戴上。後世遂用「葛巾漉酒」形容愛酒成癖，或率真超脫的性情。

【識別特徵】

今名：葛

學名：*Pueraria lobata*（Willd.）Ohwi

科別：蝶形花科

多年生草質藤本，長可達八公尺；莖基部有粗厚的塊狀根。葉互生，小葉三裂，偶爾全緣，頂生小葉寬卵形或斜卵形，長七至十五公分，寬五至十二公分。總狀花序，腋生，蝶形花冠，紫紅色。莢果長條形，扁平，密被黃褐色硬毛，長五至九公分，寬八至十一公分，扁平，被褐色長硬毛。產中國南北各地，除新疆、青海及西藏外，分布幾遍及全國，東南亞至澳大利亞亦有分布。

煙水吳都郭，閶門架碧流。
綠楊深淺巷，青翰往來舟。
朱戶千家室，丹楹百處樓。
水光搖極浦，草色辨長洲。
憶作麻衣翠，曾為旅棹遊。
放歌隨楚老，清宴奉諸侯。
花寺聽鶯入，春湖看雁留。
裡吟傳綺唱，鄉語認歈謳。

——李紳〈過吳門二十四韻〉（節錄）

大麻，中國古稱麻、漢麻、枲、苴。有六千多年的種植歷史，其韌皮纖維可以紡織麻布，製造繩索、麻線等。春秋以前，北方除皮衣（裘）和蠶絲衣之外，大概只有大麻製成的衣物。古代農村常栽植有桑和大麻，所以故人相遇，「把酒話桑麻」（孟浩然〈過故人莊〉）。白居易〈重賦〉：「厚地植桑麻，所要濟生民。生民理布帛，所求活一身。」田園處處可見的桑和麻是提供民生基本需求的作物。

古代在糧食不足時，也收取大麻的種子供食用，

傳統中的六穀就包括大麻。秦系〈題僧明惠房〉：「簷前朝暮雨添花，八十真僧飯一麻。入定幾時將出定，不知巢燕汙袈裟。」和白居易〈雨歇池上〉：「雙僮侍坐臥。一杖扶行止。饑聞麻粥香，渴覺雲湯美。」兩首詩毫無疑問是取大麻種子食用。戴叔倫〈送嵩律師頭陀寺〉「麻衣逢雪暖，草履躡雲輕」則顯示麻可製衣。

【識別特徵】

今名：大麻

學名：*Cannabis sativa* L.

科別：大麻科（桑科）

一年生直立草本，高一至三公分。葉互生，掌狀全裂，裂片披針形至線狀披針形，三至十三片披針形小葉，長七至十五公分；葉緣為內彎之粗鋸齒。圓錐花序，花單性，雌雄異株；雄花序長二十五公分，花黃綠色；雌花小，無花柄，綠色。瘦果卵形，表面有細網紋。原產錫金、印度、中亞各地。

鵝湖山下稻粱肥，豚柵雞塒半掩扉。
桑柘影斜春社散，家家扶得醉人歸。

——王駕〈社日〉

古文常桑、柘並稱，除了引詩，李白〈五月東魯行答汶上翁〉「五月梅始黃，蠶凋桑柘空。魯人重織作，機杼鳴簾櫳」、杜荀鶴〈山中寡婦〉「夫因兵死守蓬茅，麻苧衣衫鬢髮焦。桑柘廢來猶納稅，田園荒後尚征苗」、賈島〈暮過山村〉「初月未終夕，邊烽不過秦。蕭條桑

柘外，煙火漸相親」等，可見柘用途及重要性不下於桑。

柘木材可製龍袍專用的黃色染料，「其木染黃赤色，謂之柘黃，天子所服。」杜甫〈戲作花卿歌〉「綿州副使著柘黃，我卿掃除即日平」之柘黃，王建的〈宮中三台詞〉「日色柘袍相似，不著紅鸞扇遮」，「柘袍」指「柘黃袍」，就是龍袍。

【識別特徵】

今名：柘

學名：*Cudrania tricuspidata*（Carr.）Bur. *ex* Lavallee

科別：桑科

落葉灌木或小喬木，高可達八公尺；有棘刺。葉互生，葉片近革質，葉卵形或菱狀卵形，偶為三裂，長五至十四公分，寬三至六公分。雌雄異株，雌雄花序均為球形頭狀花序，單生或成對腋生；雄花序直徑五公釐；雌花序直徑一至一點五公分。聚花果近球形，直徑約二點五公分，肉質，成熟時桔紅色。分布於河北南部、華東、中南、西南等省區，生於陽光充足的荒地或路旁。

雲光嵐彩四面合，柔柔垂柳十餘家。
雉飛鹿過芳草遠，牛巷雞塒春日斜。
秀眉老父對樽酒，茜袖女兒簪野花。
征車自念塵土計，惆悵溪邊書細沙。

——杜牧〈商山麻澗〉

茜草是人類很早使用的紅色染料，古文獻有記述。如《詩經》「縞衣茹藘，聊可與娛」、「東門之墠，茹藘在阪」等句，「茹藘」即茜草。《漢宮儀》記有「染園出卮茜，供染御

服」之句，《史記．貨殖列傳》中亦有「千畝卮茜，其人與千戶侯等」的記載，可見周朝以前及漢代栽植茜草可享有厚利。

「茜」在詩文裡常意為「大紅色」：茜袍是紅色長袍，徐彙〈贈垂光同年〉「丹桂攀來十七春，如今始見茜袍新」。茜衣是紅色衣服，李洞〈送沈光赴福幕〉「幕下逢遷拜，何官著茜衣」。茜裙是絳紅色的裙子，李中〈溪邊吟〉「茜裙二八采蓮去，笑衝微雨上蘭舟」。茜草有時稱蒨草，染紅的衣裙謂「蒨裙」，李群玉〈黃陵廟〉：「黃陵廟前莎草春，黃陵女兒蒨裙新。輕舟短櫂唱歌去，水遠山長愁殺人。」除此之外，茜綬是紅色的印綬，譬喻官爵尊貴。

【識別特徵】

今名：茜草

學名：*Rubia cordifolia* L.

科別：茜草科

多年生草質攀緣藤本，長通常一點五至三點五公尺；莖中部以上多分枝，四棱形，有的沿棱有倒刺。葉通常四片輪生，其中一對較大而具長柄，紙質，披針形或長圓狀披針形，長二點五至三點五公分，兩面粗糙，脈上有微小皮刺。聚繖花序腋生或頂生，花小，花冠淡黃色。果球形肉質，直徑通常四至五公釐，成熟時黑色或紫黑色。主產安徽、河北、陝西、河南、山東，分布北韓、日本、俄羅斯等遠東地區。

江南好，風景舊曾諳。
日出江花紅勝火，
春來江水綠如藍，能不憶江南？

——白居易〈憶江南〉

成語「青出於藍」的典故出自《荀子．勸學篇》。古時中國人稱呼今日的藍色作「青」色，而「藍」是指「蓼藍」這種植物。後來便常用「青出於藍」來指後輩較勝於前輩，或弟子勝於老師。王季文〈青出藍〉：「芳藍滋匹帛，人力半天經。浸潤加薪氣，光輝勝本青。」就是此意。

藍染植物的名稱常因時代與產地的變遷而有所不同，植物的分布亦遍及世界各地。藍染植物主要應用在製作藍靛染料，是傳統印染工藝三原色的染料之一，可製作成花青色、藍膠顏料，供繪畫或染紙用，或做為中藥材青黛的原料。徐夤〈草〉「色嫩似將藍汁染，葉齊如把剪刀裁」所言之藍就是蓼藍。

【識別特徵】

今名：蓼藍

學名：*Polygonum tinctorium* Ait.

科別：蓼科

一年生草本，高五十至八十公分；莖圓柱形，具顯明的節，單葉互生，基部有鞘狀膜質托葉，葉片橢圓形或卵圓形，長二至八公分，寬十五至五十五公釐。穗狀花序，頂生或腋生；花小，紅色，花被五裂，裂片卵圓形；雄蕊六到八枚，著生於花被基部；雌蕊一枚，柱頭三歧。瘦果，具三棱，褐色，有光澤。原產地從中南半島到中國，分布遼寧、河北、山東、陝西等地。

蜀江風澹水如羅，墮蘭誰泛相經過。
南山桂樹為君死，雲衫淺污紅脂花。

——李賀〈神弦別曲〉（節錄）

紅花古稱「煙支」、「燕支」、「胭脂」等，徐凝〈玩花五首〉「花到薔薇明豔絕，燕支顆破麥風秋」之燕支，殷堯藩〈吹笙歌〉「伶兒竹聲愁繞空，秦女淚濕燕支紅」的燕支，盧照鄰〈和吳侍御被使燕然〉「胡笳折楊柳，漢使採燕支」之燕支，指的都是紅花。

李賀〈神弦別曲〉詩中的紅脂花也是紅花。

紅花又稱紅藍、黃藍，原產於西域。匈奴人認為妻妾如紅花般可愛，因此稱之為「閼氏」。古時胭脂山（今甘肅省永昌縣、山丹縣之間）盛產紅花，漢武帝大將霍去病奪下曾為匈奴占領的焉支山，漢代民歌〈匈奴歌〉：「失我焉支山，今我婦女無顏色。失我祁連山，使我六畜不蕃息。」「焉支山」盛產「燕支」，漢軍攻占焉支山後，使匈奴人「婦女無顏色」。紅花的花晒乾之後可作紅色染料或胭脂。白居易〈紅線毯〉：「紅線毯，擇繭繅絲清水煮，揀絲練線紅藍染。染為紅線紅於藍，織作披香殿上毯。」唐時著名的「紅線毯」，是蠶絲染紅花製成的。

【識別特徵】

今名：紅花

學名：*Carthamus tinctorius* L.

科別：菊科

一年生草本，莖直立，高可達五十至一百公分。葉互生，無柄；中下部莖生葉披針形、卵狀披針形或長橢圓形，長七至十五公分，寬二點五至六公分，邊緣具大鋸齒、重鋸齒、小鋸齒或全緣。頭狀花序頂生，花初開為黃色，後轉為橘紅色，全部為兩性，花冠長三公分，細管部長二公分。瘦果倒卵形，有四棱，無冠毛。中國各地多有栽培，主產於河南、浙江、江蘇、四川等地。

謝公最小偏憐女，嫁與黔婁百事乖。
顧我無衣搜藎篋，泥他沽酒拔金釵。
野蔬充膳甘長藿，落葉添薪仰古槐。
今日俸錢過十萬，與君營奠復營齋。

——元稹〈遣悲懷〉

藎草枝葉可煮成黃色染料，並入藥。又名「王芻」，意為「王者之草」。古代帝王常驅使民眾採集「王芻」，因古人煮其枝葉作黃色染料，而黃色為王者的專用色。《吳普本草》稱「黃草」，《詩經》也記載百姓採集藎草，即「終朝采菉，不盈一掬」，「菉」即藎草古名。《唐本草》：「藎草，葉似竹而細薄，莖亦圓小。生平澤溪澗之側，荊襄人煮以染黃，色極鮮好」。

藎草主要色素成分為藎草素、木犀草素，是黃酮類化合物，可用直接法染棉、毛、絲得鮮豔的黃色。以藎草染得的黃色絲織物，用深淺不同的靛藍套染，可以得到黃綠或綠色。與灰汁、鋁鹽、錫鹽媒染得黃色，用於絲、毛織物染色。明代以後染家用藎草染色的史料已很少見。藎草的莖稈也可用來編製篋籃，此即元稹的「顧我無衣搜藎篋」中的藎篋。

【識別特徵】

今名：藎草

學名：*Arthraxon hispidus*（Thunb.）Makino

科別：禾本科

一年生禾草，高三十至四十五公分；稈纖細，多節，常分枝，基部的節著土後易生根。葉卵狀披針形，長二至四公分，寬〇點八至一點五公分，基部心形，抱莖。花序總狀，二至十枚花序呈指狀排列於頂端。有柄小穗退化成針刺狀，無柄小穗卵狀披針形，兩側扁壓。穎果長圓形。中國各地都有分布，生長山坡草地和陰濕處。

第十一章 大唐食事

唐代以前的菜蔬

根據《詩經》，春秋時代百姓採集的野菜種類很多，至少三十種以上，主要有「芹」、「荼」、「薺」、「薇」、「荇菜」、「蕨」等。此外，尚有卷耳、芣苢、葵、莪、莫、蓫、芑、蒿類、藜、蓴、竹、藚等。其中有些野菜比較可口，至今仍採集或栽培食用。

漢代文獻《爾雅》提到的野菜種類有荼、筍、荇、藕、芹、薺、蕨、蒿等；《周禮》有葵、荼、筍、莕、

芹、蒲等；《禮記》有堇、荼、薤、芑、蓼、薺、蒲等。苦菜很早就成為常蔬，不僅尋常百姓食用，也是王公富室之菜餚；冬葵是白菜出現以前的「百菜之主」，都是千百年來中國百姓喜愛的佳餚。

綜合以上文獻，可知唐代以前採食的野菜種類主要有：荇菜、卷耳、車前草、蔞蒿、蕨、野豌豆、苦菜、薺菜、香蒲、冬葵、藜、播娘蒿、苦藚菜、旋花、水芹、水蓼、蓴菜等。栽培的蔬菜除《詩經》的匏瓜、蕪菁、蘿蔔、韭菜之外，還栽培荷、香椿、竹筍等原生植物。

唐代以前的糧食植物

粟和黍是中國半乾旱黃土區的原生植物，根據考古資料，七至八千年前的河南裴李崗文化、河北磁山文化主要糧食作物是粟；大約同時的甘肅大地灣文化、陝南的李家村文化，主要糧食作物是黍。五至七千年前的仰韶文化，種植的主要作物仍為粟、黍，晚期有水稻。

小麥、大麥大概原產於西亞，史前時代已引進中國。商及西周初期，黃河流域種麥尚不普遍，春秋以後在黃河下游地區逐漸發展。小麥在西漢時尚非主要的糧食作物，直到唐代，磑磨（石磨）發明之後，小麥才快速發展。稻原是熱帶及亞熱帶糧食作物，唐代的長江流域及黃河流域都普遍有栽植。

古代農書都視菽（大豆）和其他豆類為穀物，從南北朝時代《齊民要術》、元代《東魯王氏農書》、《農桑輯要》到清代《三農記》等，莫不如此。因此，唐代以前的糧食植物計有：黍、粱（稷、粟、禾）、稻（稌）、大麥（牟）、小麥（來）、菽（大豆）等。

唐詩蔬菜、野菜和糧食作物

唐詩載錄栽培蔬菜已經超過十五種，有薤、芥、蔥、薑、菘（白菜）、莧、茄、油菜、萵苣、黃瓜、紫菜、紫蘇、黃芽菜、蒜等，加上《詩經》時代之匏瓜、蕪菁、蘿蔔、韭菜，和常食野菜薺、薇、蕨、蓴、芹、苦菜、慈菰、荇菜、藜、葵、菰等，唐代常用蔬菜應該超過

三十種。

《詩經》時代和漢代糧食植物主要是：黍、粱、大麥、小麥、稻和大豆等。除此六種，《全唐詩》還記述了芋、薯蕷（山藥）、蕎麥、菰米、黃獨、薏苡、燕麥等。澱粉為主的作物，也可充作主食。

與《詩經》相比，《全唐詩》的糧食植物種類多一倍以上。其中菰米有一百一十八首詩提及，是唐代的主食之一。芋是南方作物，共出現二十六首，可見逐漸受到重視；薯蕷、蕎麥等也在唐詩開始有栽培紀錄。

君遊丹陛已三遷，我泛滄浪欲二年。
劍佩曉趨雙鳳闕，煙波夜宿一漁船。
交親盡在青雲上，鄉國遙抛白日邊。
若報生涯應笑殺，結茅栽芋種畬田。

——白居易〈夜宿江浦聞元八改官因際此什〉

《全唐詩》裡，芋共出現二十六首，背景大多在華南地區，如張籍〈送閩僧〉：「溪寺黃橙熟，沙田紫芋肥。九龍潭上路，同去客應稀。」有溪寺的黃橙和沙田的芋頭；元季川〈泉上雨後作〉：「養葛為我衣，種芋為我蔬。誰是畹與畦，瀰漫連野蕪。」泉上在今福建寧化縣。後來蜀地四川也廣為栽植，如王維〈送梓州李使君〉「漢女輸橦布，巴人訟芋田」、盧綸〈送鹽鐵裴判官入蜀〉「榷商蠻客富，稅地芋田肥。」

【識別特徵】

今名：芋

學名：*Colocasia esculenta*（L.）Schott.

科別：天南星科

多年生濕生草本；塊莖常呈卵形，常生多數小球莖，均富含澱粉。葉二至三枚或更多，葉盾狀著生，卵形，長二十至六十公分；葉柄長於葉片，綠色或淡紫色，長二十至九十公分。花序之佛焰苞長約二十公分，下部成筒狀，綠色，上部披針形，黃色；花序下方為雌花，上方為雄花。原產東印度及馬來半島等熱帶地區，現廣泛栽植於熱帶地區。

粟亭名更佳，下有良田疇。
充腸多薯蕷，崖蜜亦易求。

——杜甫〈發秦州〉（節錄）

薯蕷又名署預、山藥、山芋、山藷、薯藥、淮山藥、淮山、懷山等，中國有數百年的栽培歷史。唐朝時，為避唐代宗李豫諱（「蕷」與「豫」同音）改稱薯藥。又傳說，宋朝時避宋英宗趙曙諱（「薯」與「曙」同音），改稱山藥。但此說不正確，因唐詩早有稱山藥的詩篇問世，如韋應物〈郡齋贈王卿〉「秋齋雨成滯，山藥寒始華」句，和韓愈〈宋文暢師北遊〉「僧還相訪來，山藥煮可掘」句。故比較正確的說法應該是薯蕷的塊根就稱為山藥。

唐詩中以薯蕷（山藥）當成糧食者，除了杜甫〈發秦州〉，還有張籍〈寒食夜寄姚侍郎〉：「貧官多寂寞，不異野人居。作酒和山藥，教兒寫道書。」

【識別特徵】

今名：薯蕷；山藥

學名：*Dioscorea opposita* Thunb.（Dioscorea batatas *Decne.*）

科別：薯蕷科

多年生草質纏繞藤本；莖通常帶紫紅色；地下具圓柱形肉質塊莖。單葉，在莖下部的互生，中部以上的對生；葉片形狀多變，通常為三角狀卵形或耳狀三裂，長三至九公分，寬二至七公分。雌雄異株；雄花序為穗狀花序，雌花序亦為穗狀。蒴果三棱狀扁圓形。種子著生於每室中軸中部，四周有膜質翅。分布於河南、福建、山東、河北、浙江、湖南、湖北、江西、河北、安徽、江蘇、雲南、廣西、貴州等地。

霜草蒼蒼蟲切切，村南村北行人絕。
獨出門前望野田，月明蕎麥花如雪。

——白居易〈村夜〉

蕎麥起源於中國，栽培歷史悠久，有普通蕎麥和同屬的苦蕎麥（*Fagopyrum tataricum* Gaertn）、金蕎麥（*F. cymosum* L.）等，都可以作為糧食。蕎麥是從野生蕎麥（*F. leptopodum*（Diels）Hedb.）演化出來，但野生蕎麥是藤本植物，而栽種的蕎麥亞種的莖卻是直立的。唐以前，蕎麥的種植似乎並不普遍，《詩經》、《楚辭》、《漢賦》、《先秦魏晉南北朝詩》都沒有蕎麥的記載。因此，蕎麥應該是在唐代開始普及。白居易〈村夜〉描述蕎麥花呈白色，盛開時皓白如雪；溫庭筠〈處士盧岵山居〉：「千峰隨雨暗，一徑入雲斜。日暮鳥飛散，滿山蕎麥花。」可見蕎麥也可以是觀賞植物。

【識別特徵】

今名：蕎麥

學名：*Fagopyrum esculentum* Moench

科別：蓼科

一年至多年生直立草本，莖高六十至一百五十公分。單葉，互生，三角形、卵狀三角形、戟形或線形，全緣，掌狀網脈。托葉鞘膜質，鞘狀，包莖。花序頂生和腋生，呈圓錐狀或繖房狀；花冠白色至紫紅色；雄蕊常爲八枚；雌蕊一枚，三心皮，柱頭頭狀。果實：大部爲三棱型，少有二或多棱不規則型。瘦果中有種子一枚，胚藏於胚乳內。

昆明池水漢時功，武帝旌旗在眼中。
織女機絲虛月夜，石鯨鱗甲動秋風。
波漂菰米沉雲黑，露冷蓮房墜粉紅。
關塞極天唯鳥道，江湖滿地一漁翁。

——杜甫〈秋興八首〉（其七）

《全唐詩》共有一百一十八首詩提到菰。唐詩有稱「菰米」者，如杜牧〈早雁〉「莫厭瀟湘少人處，水多菰米岸莓苔」、儲光義〈田家雜興〉「夏來菰米飯，秋至菊花酒」、王維「郢國稻苗秀，楚人菰米肥」等。有稱「雕胡」者，如李白〈宿五松山下荀媼家〉「跪進雕胡飯，月光明素盤」、皮日休〈魯望以躬掇野蔬兼示雅什用以酬謝〉「雕胡飯熟餖餬軟，不是高人不合嘗」，「菰米」和「雕胡」都是茭白的籽粒（穎果），煮成菰米飯食用。

主莖和分蘗枝進入生殖生長期後，基部如有茭白黑粉菌寄生，則不能正常生長，會膨大形成橢圓形的肉質莖，就是茭白筍。《爾雅》記載「蘧蔬似土菌生菰草中，今江東啖之甜滑」，「蘧蔬」就是茭白。儲光義〈晚霽中園喜赦作〉：「五月黃梅時，陰氣蔽遠邇。濃雲連晦朔，菰菜生鄰里。」劉禹錫〈傷我馬詞〉：「生於磧礪善馳走，萬里南來困丘阜。青菰寒菽非適口，病聞北風猶舉首。」「菰菜」或「青菰」都是指食用的茭白筍。

【識別特徵】

今名：菰；茭白

學名：*Zizania latifolia*（Griseb.）Stapf

科別：禾本科

多年生挺水草本，稈直立，高九十至一百八十公分。葉片扁平，長披針形，長三十至一百公分，寬約三公分，先端芒狀漸尖，基部微收或漸窄；葉鞘長而肥厚。圓錐花序大型，長三十至六十公分；雄小穗長約十五公釐，兩側多少壓扁；雌小穗長十五至二十五公釐。穎果圓柱形，長約十公釐。原產中國及東南亞，常作蔬菜栽培，南北各地均有種植。

茨菰葉爛別西灣，蓮子花開猶未還。
妾夢不離江上水，人傳郎在鳳凰山。

——張潮〈江南行〉

慈菇是中國特產，唐詩屢有提及。張潮〈江南行〉詩中「茨菰」即慈菇；張祜〈江南雜題二十首〉（其五）「茈姑交宛葉，喜子抱遊絲」，「茈姑」也是慈菇。元稹〈景深秋八首〉：「經雨籬落壞，入秋田地荒……小片慈菇白，低叢柚子黃。」在唐代，慈菇應是常吃的野蔬。慈菇食用部分為黃白色或青白色球莖，外形呈長圓形，上有肥大的頂芽，表皮有環狀節。慈菇與豬肉（或豬大腸）、大蒜、油炸豆腐等搭配，可加工成慈菇紅燒肉、和尚戴帽、慈菇片炒瘦肉等酥香美味佳餚，是宴席上的名菜。

【識別特徵】

今名：慈姑

學名：*Sagittaria sagittifolia* L. *Sagittaria trifolia* Linn.

科別：澤瀉科

多年生挺水草本，有纖細匐枝；末端膨大成球莖。葉叢生，葉片箭形，基部裂片長五至四十公分，寬〇點四至十三公分。總狀花序長十至五十公分，花三至五朵為一輪，單性；三個外輪花被片，卵形，頂端鈍；三個內輪花被片，花瓣狀，白色，基部常有紫斑。瘦果斜倒卵形或廣倒卵形，長三至四公釐，寬約三公釐，果翅邊緣整齊。南北各省區水稻田或沼澤地常見，在中國南方有栽培，但亦為田間雜草。

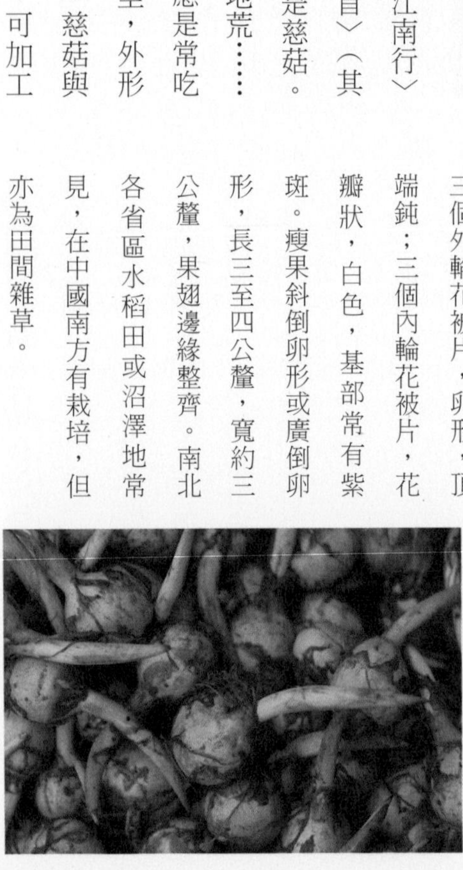

紫茄白莧以為珍，守認清真轉更貧。
不飲吳興俊中水，古今能有幾多人？
——孫元晏〈蔡撙〉

茄子又稱爲落蘇、矮瓜，原產亞洲熱帶之東南亞或印度。可能在漢代或之前就已傳入中國，西漢揚雄〈蜀都賦〉「盛冬育筍，舊菜增伽」，「伽」就是今之茄子。唐時茄子應該已成為常蔬，白居易〈長歌行二首〉：「負笈塵中遊，抱書雪前宿。布衾不周體，藜茄才充腹。」「藜」是野菜。孫元晏〈蔡撙〉「紫茄白莧以為珍，守認清真轉更貧」句，紫茄、白莧和「轉更貧」相關，可見在當時茄子不是什麼名貴或稀罕的蔬菜。

【識別特徵】

今名：茄子

學名：*Solanum melongena* L.

科別：茄科

一年生草本至亞灌木，高六十至一百公分。單葉互生，卵形至長圓狀卵形，長八至十八公分，寬五至十一公分，頂端鈍，基部偏斜，葉緣常波狀淺裂。花單生，花柄長約一至一點八公分，花後下垂；花萼鐘狀，直徑約二點五公分，裂片披針形。漿果長圓形或圓柱狀，紫色或白色，因品種而異，萼宿存，並隨果長大而膨大。

三年國子師，腸肚習藜莧。
況住洛之涯，魴鱒可罩汕。

——韓愈〈崔十六少府攝伊陽以詩及書見頭因酬三十韻〉（節錄）

莧菜原產中國，原是野菜，漢初《爾雅》稱「蕢，赤莧」，又名米莧、赤莧、彩莧、青香莧等。莧的嫩苗嫩莖葉可食用。韓愈〈崔十六少府攝伊陽以詩及書見頭因酬三十韻〉藜莧並提。張籍〈新桃行〉：「桃生葉婆娑，枝葉四向多。高未出牆顛，蒿莧相凌摩。」蒿莧並提。「藜」和「蒿」自古至今都被視為野菜，是窮苦人家或戰亂饑荒時的菜餚，到唐代為止，莧還是野菜。宋代以後，莧在詩文中出現的頻率逐漸高起來，葉適〈奉賦德修西充大夫成都新園詠歸堂〉詩寫道：「沃沃葵莧畦，焰焰棠杏塢。朝曦濕淺瀨，暮色生遠渚。」「莧畦」說明莧菜在宋已成為栽培蔬菜。

【識別特徵】

今名：莧菜

學名：*Amaranthus mangostanus* L.

科別：莧科

一年生草本植物，高八十至一百五十公分；莖細長，綠色或紅色，常分枝。葉互生，全緣，卵狀橢圓形至披針形，平滑或皺縮，長四至十公分，寬二至七公分，有綠、黃綠、紫紅或雜色；葉柄長二至六公分，綠色或紅色。穗狀花序或緊密的團塊簇生，長在葉腋；花單性或雜性，雄花和雌花混生；花小，綠色或黃綠色。胞果卵狀矩圓形，長二至二點五公釐，蓋裂。種子圓形，紫黑色有光澤。

路到層峰斷，門依老樹開。
月從平楚轉，泉自上方來。
薤白羅朝饌，松黃暖夜杯。
相留笑孫綽，空解賦天台。

——李商隱〈訪隱〉

《全唐詩》共四十首提到薤，大部分是蔬菜，白居易〈村居臥病三首〉（其三）：「種黍三十畝，雨來苗漸大。種薤二十畦，秋來欲堪割。望黍作冬酒，留薤為春菜。」杜甫〈驅豎子摘蒼耳〉：「登床半生熟，下箸還小益。加點瓜薤間，依稀橘奴跡。」及李商隱〈訪隱〉等詩篇，薤都是作為蔬菜。

〈薤露〉或〈薤歌〉是中國古代最著名的輓歌，僅四句：「薤上露，何易晞，露晞明朝更復落，人死一去何時歸？」起源於漢代，傳唱至唐代。西元前二〇二年，劉邦下詔讓原齊王田橫到洛陽。田橫不得已帶上兩個隨從去洛陽，在距洛陽三十里處自殺。劉邦率三千士兵以王禮安葬田橫，兩個隨從之後亦自殺，死前唱了這首輓歌。漢武帝時，協律都尉李延年，對這首歌進行了改編。他把這首分為上下闋，上闋定名為〈薤露〉，下闋定名為〈蒿里〉。〈薤露〉為王公貴人去逝時所用，而〈蒿里〉則為士大夫去世所用。《全唐詩》講到薤露、薤歌的篇章也很多，錢起〈故相國苗公輓歌〉「隴雲仍作雨，薤露已成歌」、陸龜蒙〈和襲美傷開元觀顧道士〉「藥奠肯同椒醑味，雲謠空替薤歌聲」等。

【識別特徵】

今名：薤；藠蕎

學名：*Allium macrostemon* Bunge

科別：百合科

多年生宿根草本植物。葉片叢生，基葉數片，長約五十公分，細長，中空，橫斷面呈三角形，有三至五棱，葉色濃綠色，稍帶蠟粉；膨大的鱗莖為短紡錘形，長三至四公分，徑一至二公分。頂生繖形花序，高三十至七十公分，具多而密集的花，花淡紫色或淡紅色。除新疆、青海外，全中國各省區均產。也分布於俄羅斯、北韓和日本。

君思郢上吟歸去，故自渝南擲郡章。
野戍岸邊留畫舸，綠蘿陰下到山莊。
池荷雨後衣香起，庭草春深綬帶長。
只恐鳴騶催上道，不容待得晚菘嘗。

——劉禹錫〈送周使君罷渝州歸郢州別墅〉

白菜古時稱作菘，春秋戰國時期已有栽培。在西安新石器時代半坡遺址中出土的陶罐裡有白菜籽，表示已有六千多年的栽植歷史，是栽培最久遠的原產中國蔬菜作物之一。

唐代出現了白菘、紫菘和牛肚菘等不同品種。唐詩有關白菜的詩篇，晚唐詩人唐彥謙〈和陶淵明貧士詩〉：「我居在窮巷，來往無華軒。辛勤衣食物，出此二畝園。薤菘鬱朝露，桑柘浮春煙。以茲亂心曲，智計無他奸。」記述所吃的蔬菜有「薤」和「菘」，都是平民百姓的食品。

秋末冬初的生產的大白菜稱「晚菘」，見引詩及無名氏「晚菘細切肥牛肚，新筍初嘗嫩馬蹄」句。明朝時大白菜由中國傳到北韓王朝，後來成為韓國泡菜的主要原料。

【識別特徵】

今名：菘、白菜

學名：*Brassica pekinensis* Rupr.

科別：十字花科

二年生草本，高四十至六十公分。葉生於短縮莖上，短縮莖上著生基生葉，為主要食用部分，葉圓至橢圓形，長三十至六十公分，寬不及長的一半，頂端圓鈍，邊緣皺縮，葉面光滑或有皺縮，少數具茸毛；中脈白色，很寬；葉柄肥厚，白色，邊緣有具缺刻的寬薄翅。複總狀花序，花黃色。長角果粗短，長三至六公分，寬約三公釐，兩側壓扁，內有種子十至二十粒。種子近圓形，紅褐或黃褐色。

淵明遺愛處，山芥綠芳初。
玩此春陰色，猶滋夜雨餘。
隔溪煙葉小，覆石雪花舒。
采采還相贈，瑤華信不如。

——錢起〈藍上采石芥寄前李明府〉

《全唐詩》有許多芥菜的記載和描述，白居易〈招韜光禪師〉：「青芥除黃葉，紅薑帶紫芽。命師相伴食，齋罷一甌茶。」引詩的山芥指的是食用莖葉部分的芥菜，最可能是葉用芥菜（*Brassica juncea* Coss. var. *foliosa* Bailey）。唐詩中也提到子芥菜（*Brassica juncea* Coss. var. gracilis Tsen *et* Lee）做成的調味料芥末，用來減少魚肉的腥臊味，如白居易〈和三月三十日四十韻〉：「魚膾芥醬調，水葵鹽豉絮。」芥菜至今仍舊是中國餐盤的主要蔬菜之一，除上述不同芥菜品種外，由芥菜類蔬菜醃製的酸菜、梅乾菜、醃榨菜等食品，已成為中國食物料理的特色食材。

【識別特徵】

今名：芥菜

學名：*Brassica juncea*（L.）Czern.

科別：十字花科

一年生草本，高三十至一百五十公分；全株有辣味。基生葉寬卵形至倒卵形，長十五至三十五公分，頂端圓鈍，先端羽裂或不裂，基部楔形；莖生葉較小，邊緣有缺刻或牙齒。總狀花序頂生，花後延長；花黃色。長角果線形，長三至五點五公分，寬二至三點五公釐。種子球形，直徑約一公釐，紫褐色。原產中國，從長江中下游平原到青藏高原都有芥菜栽培。

吳王廟側有高房，簾影南軒日正長。
吹苑野風桃葉碧，壓畦春露菜花黃。
懸燈向後惟冥默，憑案前頭即渺茫。
知有虎溪歸夢切，寺門松折社僧亡。

——齊己〈題梁賢巽公房〉

中國和印度是世界上栽培油菜歷史最悠久的國家。陝西省西安半坡文化遺址中就發現有菜籽或白菜籽，距今約有六千到七千年。唐代中原地區已有栽植，引詩可見人工栽植的菜花呈一片金黃。油菜古代稱芸薹或芸，唐詩亦有時用芸，如楊炯之〈和酬虢州李司法〉：「平野芸黃遍，長洲鴻雁初。菊花宜泛酒，蒲葉好裁書。」虢州是今之河南盧氏縣。油菜花盛開時也是亮麗的景觀，獨孤及〈送相里郎中赴江西〉：「昨日攜手西，於今芸再黃。歡娛詎幾許，復向天一方。」記述油菜的金黃色花海。

【識別特徵】

今名：油菜

學名：*Brassica campestris* L.

科別：十字花科

為一年生草本；莖直立，分枝較少，株高三十至九十公分。基生葉不發達，匍匐生長，橢圓形，長十至二十公分，有葉柄；莖生葉和分枝葉無葉柄，下部莖生葉羽狀半裂，基部擴展且抱莖；上部莖生時提琴形或披針形。總狀花序；花黃色。長角果條形，長三至八公分，寬二至三公釐。種子球形，紫褐色。原產中國西部，分布於中國的西北、華北、內蒙古及長江流域各省。

第十二章 瓜果記實

唐朝以前的水果

中國果樹資源豐富，是世界三個主要果樹原產地之一，重要溫帶落葉果樹，桃、李、梨、棗等和亞熱帶果樹，柑橘類等都起源於中國。從《詩經》可知，遠在二千年以前或史前時代，瓜果已經是中國先民的重要食物。當時多數果品係採自野生植物，《詩經》提及的棠梨、豆梨、獼猴桃、郁李、山葡萄、枳椇、苦櫧、茅栗等，都是當時常採食的

野果。除此之外，《詩經》還提到人工栽培的果類：桃、李、梅、棗、榛、甜瓜、栗等。《楚辭》則記載了橘、柚、棠梨、山葡萄、榛、栗、蔗等果樹種類。

《酉陽雜俎》引述的唐代果樹

唐代段成式著筆記小說《酉陽雜俎》，介紹了許多唐代生活狀態、思想狀況等，為後世研究唐代歷史文化和了解唐代中西方文明交流的重要文獻。全書共三十卷，最後十卷為續集。其中有四卷為動植物專章，即卷十六，廣動植之一；卷十七，廣動植之二；卷十八，廣動植之三；卷十九，廣動植之四。記載的瓜果有甘（柑）、石榴、柿、杏、奈、棗、仙桃、葡萄、白奈、婆

那娑樹（婆羅蜜）、波斯棗、扁桃、瓜、菱等。其中甘（柑）、石榴、柿、杏、奈、婆那娑樹（婆羅蜜）、波斯棗、扁桃、菱等，是漢唐之後才在文獻上出現的瓜果種類。

《初學記》的唐代果樹

《初學記》是唐代官修類書，徐堅等人撰寫，全書三十卷，二十三部，三百一十三個子目。原是唐玄宗為諸皇子作文時，作檢查事類、索引物事之用。編寫體例係先敘事，次為事對，最後詩文。其中第二十七卷為寶器部，共十六目，後七目為五穀及花草；第二十八卷為果目部，共十八目，多數為瓜果，只有六目為庭園樹或造林木。記載的十二類水果為：李、柰（林檎）、桃、櫻桃、棗、栗、梨、甘（柑）、橘、梅、石榴、瓜等。其中屬漢唐之後才在文獻上出

現的種類有：柰（林檎）、櫻桃、甘（柑）、石榴等。

《全唐詩》的果樹

《全唐詩》出現最多的果樹前十五名分別為：桃（一千三百二十四首）、梅（八百七十七首）、杏（四百七十二首）、李（四百五十九首）、菱（三百一十一首）、梨（兩百七十五首）、橘（兩百五十七首）、櫻桃（一百八十一首）、瓜（一百三十五首）、棠梨（一百三十首）、榛（一百一十首）、栗（一百零六首）、棗（六十六首）、荔枝（六十四首）、葡萄（五十首），都是當時常見的果品。綜合《酉陽雜俎》、《初學記》和《全唐詩》，唐代的代表果類植物有：櫻桃、荔枝、橡樹（櫧櫟類）、橄欖、楊梅、柿、山楂、林檎、枇杷、橘、橙、盧橘、菱、西瓜（寒瓜）、甘蔗等。其中兩種唐朝知名度最高的水果櫻桃和荔枝，已分別在第一章和第九章述及。

煙郭遙聞向晚雞，水平舟靜浪聲齊。
高林帶雨楊梅熟，曲岸籠雲謝豹啼。
二女廟荒汀樹老，九疑山碧楚天低。
湘南自古多離怨，莫動哀吟易慘淒。

——張泌〈晚次湘源縣〉

楊梅又稱樹梅，餘姚和慈溪是知名的楊梅之鄉，有千年古楊梅樹。楊梅一般在初夏成熟，李白〈梁園吟〉：「平頭奴子搖大扇，五月不熱疑清秋。玉盤楊梅為君設，吳鹽如花皎白雪。」楊梅收成時，農家其樂融融，孟浩然〈裴司士元司戶見尋〉：「廚人具雞黍，稚子摘楊梅。誰道山公醉，猶能騎馬回。」楊梅果味酸甜適中，既可直接食用，又可加工成楊梅乾、楊梅醬、蜜餞等，還可釀酒。

【識別特徵】

今名：楊梅

學名：*Myrica rubra*（Lour.）S. *et* Zucc.

科別：楊梅科

常綠喬木，高五至十公尺。單葉互生，葉革質，倒披針形至倒卵狀橢圓形，長八至十三公分，先端稍鈍，基部狹楔形，全緣或先端呈波狀、鈍鋸齒。雌雄異株；雄花葇荑花序，長約三公分；雌花序卵狀長橢圓形，長約一點五公分。果爲核果，核果球形，徑約一點八公分，外果皮暗紅色，由多數囊狀體密生而成，內果皮堅硬。產於中國華東、華南、西南，多為人工栽培。

柿葉翻紅霜景秋，碧天如水倚紅樓。
隔窗愛竹無人問，遣向鄰房覓戶鉤。

——李益〈詣紅樓院尋廣宣不遇留題〉

白居易〈杭州春望〉：「紅袖織綾夸柿蒂，青旗沽酒趁梨花。誰開湖寺西南路，草綠裙腰一道斜。」一說柿樹春季枝葉翠綠，與白色梨花相輝映。柿樹夏可遮蔭納涼；入秋紅葉鮮麗奪目，也是一種優良的觀賞樹木。柿葉經霜變紅可與楓葉比美，引詩說的是就是柿樹秋天的景色。

秋冬時節滿樹的柿子個個由青變紅，果實色澤美麗，素有晚秋佳果的美稱。韓愈〈送張道士〉「雙天熟柿栗，收拾不可遲」和〈燕河南府秀才得生字〉「柿紅葡萄紫，肴果相扶擎。芳茶出蜀門，好酒濃且清」記述的就是秋冬果實色彩。劉禹錫也有詩〈詠紅柿子〉：「曉連星影出，晚帶日光懸。本因遺采摘，翻自保天年。」

【識別特徵】

今名：柿樹

學名：*Diospyros kaki* Thunb.

科別：柿樹科

落葉大喬木，高達十四公尺。單葉互生，葉紙質，卵狀橢圓形至倒卵形或近圓形，長五至十八公分，寬二點八至九公分，先端漸尖或鈍，基部鈍至近截形，全緣。花雌雄異株；雄花序小，長一至一點五公分，通常有花三朵，花冠黃白色；雌花單生葉腋，花冠淡黃白色或帶紫紅色。果形有球形，扁球形，卵形等，嫩時綠色，後變黃色，橙黃色。種子褐色，橢圓狀，側扁。產於中國、日本、南韓。

平陽池館枕秦川，門鎖南山一朵煙。
素柰花開西子面，綠榆枝散沈郎錢。

——王建〈故梁國公主池亭〉（節錄）

唐詩中有柰與林檎的敘述，杜甫〈豎子至〉：「楂梨且綴碧，梅杏半傳黃。小子幽園至，輕籠熟柰香。」此「柰」是果實比較大的品種。白居易〈西省對花憶忠州東坡新花樹，因寄題東樓〉「最憶東坡紅爛熳，野桃山杏水林檎」，「林檎」則是果實稍小的品種。

林檎別名花紅、沙果、來禽、柰等，是中國土生蘋果品種。栽培紀錄可追溯至西漢漢武帝時上林苑。明萬曆年間的農書《群芳譜‧果譜》中有「蘋果」詞條，首度出現「蘋果」一詞。

【識別特徵】

今名：林檎

學名：*Malus asiatica* Nakai

科別：薔薇科

落葉小喬木，高四至六公尺。葉互生，葉片卵形或橢圓形，長五至十一公分，寬四至五點五公分，邊緣有細銳鋸齒。繖房花序，具花四至七朵，集生於小枝頂端；花瓣五瓣，倒卵形或長圓倒卵形，淡粉紅色。梨果卵形或近球形，直徑四至五公分，黃色或紅色，宿存萼肥厚隆起。產於安徽、內蒙古、遼寧、河北、河南、山東、山西、陝西、甘肅、湖北、四川、貴州、雲南、新疆。

江南人家多橘樹，吳姬舟上織白紵。
土地卑濕饒蟲蛇，連木為牌入江住。

——張籍〈江南曲〉（節錄）

橘秋天成熟，詩文的柑橘常與秋季有關，李白〈秋登宣城謝朓北樓〉：「江城如畫裡，山晚望晴空。兩水夾明鏡，雙橋落彩虹。人煙寒橘柚，秋色老梧桐。誰念北樓上，臨風懷謝公。」說明橘柚和梧桐一樣是秋天的代表植物。

橘是貞節的象徵，屈原〈九章〉〈橘頌〉「深固難徙，壹其志兮」稱頌其貞節之性、品德之高均可與伯夷相比。張九齡〈感遇〉也藉〈橘頌〉典故，言橘「豈伊地氣暖，自有歲寒心」也在說明橘的節操。橘也是古代發財致富的產業，種橘有如畜養奴僕，可創造財富，故又稱「橘奴」或「木奴」。

【識別特徵】

今名：橘

學名：*Citrus reticulate* Blanco

科別：芸香科

常綠小喬木或灌木，高三至四公尺；枝細，多有刺。葉革質，互生，披針形至卵狀披針形，長五至八公分，寬二至四公分。花單生或簇生葉腋；花瓣五瓣，白色或帶淡紅色；雄蕊十五至三十枚，花絲通常三至五枚合生。果近圓形、扁圓形或扁球形，徑五至七公分，熟時橙黃色或淡黃紅色，果皮薄而寬，容易剝離。種子卵圓形，白色。分布華中和華南。

幾夏京城住，今朝獨遠歸。
修行四分律，護淨七條衣。
溪寺黃橙熟，沙田紫芋肥。
九龍潭上路，同去客應稀。

——呂溫〈送僧歸漳州〉

到了唐代，甜橙已經從華南地區分布到華東、華中地區，張蠙〈送友人歸武陵〉：「別島垂橙實，閒田長荻花。遊秦未得意，看即更離家。」韓愈〈岳陽樓別竇司直〉「中盤進橙栗，投擲傾脯醬」、王昌齡〈送李擢遊江東〉：「楚國橙橘暗，吳門煙雨愁」等，都是描述華東、華中地區所生產的橙。

甜橙的收成期和橘一樣，大多也在夏末秋初，黃色的果實亦常用來描述秋景。元稹〈虻〉：「辛螫終非久，炎涼本遞興。秋風自天落，夏蘗與霜橙。」用霜橙表現秋景。

【識別特徵】

今名：甜橙

學名：*Citrus sinensis*（L.）Osbeck

科別：芸香科

常綠小喬木，高二至三公尺；枝少刺或近於無刺。葉片卵形或卵狀橢圓形，長六至十二公分，寬三至五公分，翼葉狹長。花白色，很少背面帶淡紫紅色，總狀花序有花少數，或兼有腋生單花；花瓣長一點二至一點五公分；雄蕊二十至二十五枚。果圓球形，扁圓形或橢圓形，橙黃至橙紅色，果皮難以剝離。種子少，種皮略有肋紋。秦嶺南坡以南各地廣泛栽種。

理邑想無事，鳴琴不下堂。
井田通楚越，津市半漁商。
盧橘垂殘雨，紅蓮拆早霜。
送君催白首，臨水獨思鄉。

——錢起〈送武進書明府〉

盧橘即金橘，又稱金柑、夏橘、金棗、壽星柑，是柑橘類水果。漢朝司馬相如〈上林賦〉「盧橘夏熟，黃甘橙榛，枇杷橪柿，亭柰厚樸」記載盧橘和其他原產中國的多種果樹。明朝李時珍《本草綱目》：「此橘生時青盧色，黃熟則如金，故有金橘、盧橘之名。」

夏季果實成熟，形橢圓色金黃，有如金蛋，樊珣〈狀江南・仲夏〉：「江南仲夏天，時雨下如川。盧橘垂金蛋，乾蕉吐白蓮。」白居易在杭州時，以詩〈西湖晚歸回望孤山寺贈諸客〉記錄西湖風光景物：「柳湖松島蓮花寺，晚動歸橈出道場。盧橘子低山雨重，栟櫚葉戰水風涼。」詩中提及柳樹、松樹、荷花、盧橘、棕櫚等植物。戴叔倫〈湘南即事〉：「盧橘花開楓葉衰，出門何處望京師。沅湘日夜東流去，不為愁人住少時。」記載湘南盧橘。

【識別特徵】

今名：盧橘

學名：*Fortunella japonica*（Thunb.）Swingle

科別：芸香科

常綠灌木或小喬木，高達三公尺；枝密生，通常無刺。葉互生，葉片長橢圓形、披針形或矩圓形，長四至八公分，寬二至三公分，葉緣微波狀或具不明顯的細鋸齒。花單生或二到三朵簇生於新枝的葉腋；花瓣五瓣，白色有香氣秋天結果實，柑果長倒卵形或長橢圓形，長二至三點五公分，頂端渾圓，成熟時金黃色，果皮厚，油腺密生；瓤囊四到五瓣，汁多味酸。

君到姑蘇見，人家盡枕河。
古宮閒地少，水港小橋多。
夜市賣菱藕，春船載綺羅。
遙知未眠月，鄉思在漁歌。

——杜荀鶴〈送人遊吳〉

菱有多種，果有二角的稱為「菱」，三角、四角稱為「芰」，均常出現在歷代詩詞之中。《全唐詩》共收錄三百一十一首引述菱或芰的詩篇，「菱」如王維〈青谿〉「漾漾汎菱荇，澄澄映葭葦」、李商隱〈無題〉：「風波不信菱枝弱，月露水教桂葉香。」「芰」如白居易〈武丘寺路〉：「芰荷生欲遍，桃李種乃新」。「芰」學名 *Trapa quadrispinosa* Roxb.（四角菱）和菱不同種。

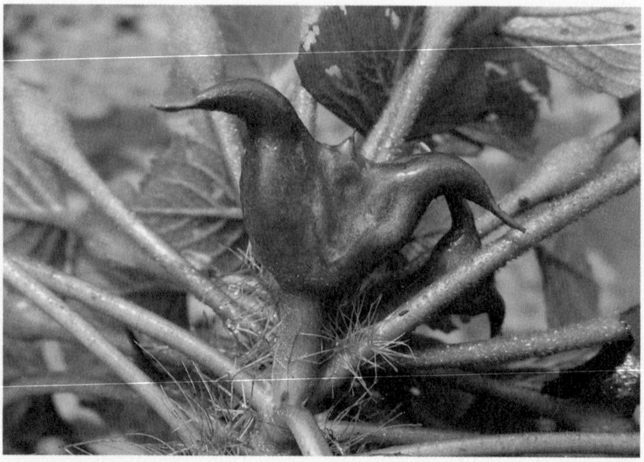

周代祭祀宗廟，菱也是不可或缺的祭品。古稱銅鏡為菱花鏡或菱鏡，也因菱葉浮於水面形成六角形圖案，類似古代銅鏡外形。果俗稱菱角，中國人食用菱角的歷史相當悠久。果實成熟呈暗紅色，因此菱角也稱「紅菱」。

【識別特徵】

今名：菱

學名：*Trapa bispinosa* Roxb.

科別：菱科

一年生水生草本。葉二型，沉水葉羽狀細裂，早落；浮水葉互生，聚生於主莖或分枝莖的頂端，呈旋疊狀鑲嵌排列在水面成蓮座狀的菱盤，成蓮座狀排列，葉片菱圓形或三角狀菱圓形；葉柄中部膨脹成寬約一公分的海綿質氣囊。花小，單生於葉腋；花瓣白色。果三角狀菱形，兩側各有一硬刺狀角，紫紅色。分布於全中國，主要見於池塘中。

入門且一笑，把臂君為誰。
酒客愛秋蔬，山盤薦霜梨。
他筵不下箸，此席望朝饑。
酸棗垂北郭，寒瓜蔓東籬。

——李白〈尋魯城北范居士失道路蒼耳中見范置酒摘蒼耳作〉（節錄）

西瓜從五代時由西域傳入中國，故稱西瓜的說法，似乎成了定論，但早在南北朝梁（五百零二到五百五十七年）沈約〈行園詩〉：「寒瓜方臥壠，秋菰亦滿陂。紫茄紛爛熳，綠芋鬱參差。初菘向堪把，時韭日離離。」卻載錄了古稱寒瓜的西瓜。

唐詩也有多首提到西瓜，但唐詩的西瓜皆稱寒瓜。柳宗元〈同劉二十八院長述舊言懷感時書事奉寄澧州張員外使君五十二韻之作〉：「風枝散陳葉，霜蔓綖寒瓜。霧密前山桂，冰枯曲沼蘋。」可見柳宗元看過或吃過西瓜。引詩記錄的是長在野外的西瓜蔓。

【識別特徵】

今名：西瓜

學名：*Citrullus lanatus*（Thunb.）Mansfeld

科別：葫蘆科

一年生蔓生藤本。葉片紙質，倒卵形、長圓狀披針形或披針形，帶白綠色，長八至二十公分，寬五至十五公分，三深裂，裂片又羽狀或二重羽狀淺裂或深裂。雌雄同株，雌、雄花均單生於葉腋，花冠淡黃色。果實大型，近於球形或橢圓形，肉質，多汁，果皮光滑，色澤及紋飾各式。種子多數，卵形，黑色、紅色，有時為白色、黃色、淡綠色或有斑紋。原產於非洲。

扶南甘蔗甜如蜜，雜以荔枝龍州橘。
赤縣繁詞滿劇曹，白雲孤峰暉永日。

——李頎〈送劉四赴夏縣〉（節錄）

《全唐詩》共有二十七首出現甘蔗，王維〈敕賜百官櫻桃〉：「芙蓉闕下會千官，紫禁朱櫻出上闌……飽食不須愁內熱，大官還有蔗漿寒。」進士吃櫻桃，

大官才能喝甘蔗汁。杜甫〈進艇〉：「南京久客耕南畝，北望傷神坐北窗。晝引老妻乘小艇，晴看稚子浴清江……茗飲蔗漿攜所有，瓷罌無謝玉為缸。」出遊時喝茶也喝甘蔗汁。

甘蔗莖可分成青皮、紫皮二大類，青皮為白甘蔗或青甘蔗，不適合生吃；紫皮為紅甘蔗或黑甘蔗，清甜嫩脆，食而不膩。呂渭〈狀江南・仲冬〉：「江南仲冬天，紫蔗節如鞭。海將鹽作雪，山用火耕田。」可知唐代已有紫皮甘蔗。溫庭筠〈燒歌〉：「卜得山上卦，歸來桑棗下。吹火向白茅，腰鐮映赬蔗。」「赬蔗」指的是表皮稍帶紅色的紫蔗。

【識別特徵】

今名：甘蔗

學名：*Saccharum officinarum* Linn.

科別：禾本科

一年生或多年生草本；稈節間實心，外被有蠟粉，有紫、紅或黃綠色等。葉為互生，邊緣具小銳齒狀葉子叢生，葉片長，有肥厚白色的中脈，葉鞘綠色，包莖。大型圓錐花序頂生，小穗基部有銀色長毛。長圓形或卵圓形穎果細小。

甘蔗原產於印度，現廣泛種植於熱帶及亞熱帶地區。

第十三章 草藥詩文

唐以前的本草演進

中國素有「醫食同源」的說法，顯示人類早期的醫藥是從食物中獲取。到了周代，醫學和醫藥知識已經累積一定程度，《周禮》「天官」下設有「醫師」、「食醫」、「疾醫」、「瘍醫」等官職，掌管飲食衛生、醫治內外科疾病及調敷藥物，負責治療百姓疾病。

古代醫藥書謂之「本草」。雖然中藥材包含植物類、動物類、礦物類藥物，但以植物占多數，故名之。中國現存最古老的中藥學專書《神農本草經》，托名神農所著，但都是漢代以前先民用藥經驗的紀錄，是群體智慧的結晶。

《神農本草經》區分藥物為三類：上品藥無毒，久服多服不傷身，例如人參、甘草、杜仲等；中品藥常有微毒，不宜多食久服，如當歸、麻黃、貝母等；下品藥大多毒性極強，非不得已不用，如烏頭、天南星、半夏等。

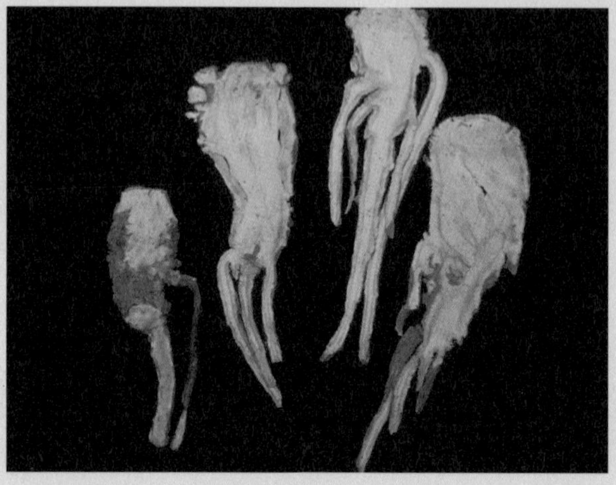

唐代本草

隋唐以來，新藥品種不斷增加，外來藥物使用經驗日益豐富，而舊本草錯誤相當嚴重。為了改善這種狀況，醫藥學家蘇恭（原名蘇敬）於唐高宗時徵召二十二人修訂本草學，於西元六百五十九年完成，定書名為《新修本草》，共五十四卷。是中國有史以來

由政府主持，動員全國專家編撰，並由政府頒行的第一部藥典。《新修本草》也稱《唐本草》。

唐代的草藥詩人

「詩聖」杜甫一生窮困潦倒，大部分時期經濟拮据、生活困苦，導致體弱多病，必須採集藥材，自行製藥。有時種藥，研究醫理，以治療自身之病。詩集《杜少陵集》有一百六十六種植物，藥用植物十二種。

唐代詩人大多熟悉本草，詩篇多有藥材的引述。白居易稟質羸弱，本來「平生好詩酒」，後來因為多病，「酒唯下藥飲，無復曾歡醉」，但仍舊「病姿與衰相，日夜相繼至」。終其一生都與病魔纏鬥，以致骨瘦如柴、形容憔悴。見諸詩篇的有「病足」及「眼疾」等慢性病。白居易因此也熟悉藥用植物、通曉藥材藥理。《白氏長慶集》共引述植物兩百零八種，藥用植物如地黃、黃連等二十餘種。

王維對中藥也有研究，〈春過賀歲員外藥園〉：「前年槿籬故，新作藥欄成。香草為君子，名花是長卿。水穿盤石透，藤系古松生。畫畏開廚走，來蒙倒屣迎。蔗漿菰米飯，蒟醬露葵羹。頗識灌園意，於陵不自輕。」其他述及藥材的詩篇尚有〈寒食城東即事〉等。

柳宗元也自己種藥，有〈種朮〉、〈種白蘘荷〉、〈種仙靈毗〉諸詩。韓翃的詩提到皂莢、白芷等植物，司空曙詩有山茱萸，張籍詩有山藥、黃精、款冬等，盧仝詩有曼陀羅。雍陶的詩描述米囊花；溫庭筠的詩有枳殼、芡實；羅隱的詩也提及多種藥草，如金錢花、江離、稾草、黃蘗、菖蒲、肉桂等。

唐代藥草

《全唐詩》出現最多前十名的藥用植物依次為：朮（六十一首）、黃蘗（五十七首）、艾（五十六首）、茜草（二十九首）、枳殼（二十八首）、黃精（二十五首）、紅花（二十一首）、薏苡（十六首）、薯蕷（十首）、金錢花（七首）。

春衣晚入青楊巷，細馬初過皂莢橋。
相訪不辭千里遠，西風好借木蘭橈。

——韓翃〈送丹陽劉太真〉（節錄）

皂莢樹幹中下部叢生長銳刺，刺有分枝，狀極猙獰，因此有時被稱為「惡樹」。杜甫有一首描寫皂莢的詩，就題為〈惡樹〉，詩云：「枸杞因吾有，雞棲奈汝何。方知不材者，生長漫婆娑。」枸杞是灌木，較矮小；被稱「不才」的皂莢，高大茂盛，別稱皂角、肥皂樹等。莢果煎汁能作天然洗滌劑，為洗髮產品的天然原料。

成熟果實皂莢為中醫臨床用藥，同屬常見種都被視為中藥材皂莢：有山皂莢（*G. Melanacantha* Tang *et* Wang）、日本皂莢（*G. japonica* Miq.）、豬牙皂（*G. officinalis* Hemsl）、野皂莢（*G. heterophylla* Bunge）等。

【識別特徵】

今名：皂莢；皂角

學名：*Gleditsia sinensis* Lam.

科別：蘇木科

落葉喬木或小喬木，高可達三十公尺；樹幹具刺。葉為一回羽狀複葉，長十至十八公分；小葉三至九對，紙質，卵狀披針形至長圓形，邊緣具細鋸齒。花為總狀花序，花黃白色，萼片四枚，花瓣四瓣，雄蕊八枚，柱頭淺二裂。果為木質莢果，條形或鐮刀形，長十二至三十七公分，寬二至四公分，勁直或扭曲。種子多顆，長圓形或橢圓形。分布華北、華中、西北、西南各省。

羈情含蘗復含辛，淚眼看花只似塵。
天遣春風領春色，不教吩咐與愁人。

——施肩吾〈下第春遊〉

黃蘗味道極苦，邵謁〈春日有感〉：「我心如蘗苦，他見如薺甘。」白居易〈三年為刺史二首〉（其一）：「三年為刺史，飲冰復食蘗。唯向天竺山，取得兩片石。此抵有千金，無乃傷清白。」「飲冰食蘗」謂生活清苦，為人清白，後來成為家喻戶曉的成語。施肩吾〈下第春遊〉「羈情含蘗復含辛」等句意亦同。

黃蘗樹的樹皮含小蘗鹼，可以染黃，李賀〈詠懷二首〉：「日夕著書罷，驚霜落素絲。鏡中聊自笑，詎是南山期。頭上無幅巾，苦蘗已染衣。不見清溪魚，飲水德相宜。」宋朝曾慥《類說》：「古人寫書皆用黃紙，以蘗染之，所以辟蠹，故曰黃卷。」用黃蘗染的紙稱「黃紙」，可以防止蟲蛀，後世皇帝的聖旨有用黃紙製成者，故亦以「黃紙」代稱聖旨，如宋朝楊萬里〈送王監簿民瞻南歸〉：「盧溪在山不知年，盧溪出山即日還。黃紙苦催得高臥，青霞成癖誰能那。」

【識別特徵】

今名：黃蘗

學名：*Phellodendron amurense* Rupr.

科別：芸香科

落葉喬木，樹高可達三十公尺；木栓層發達，柔軟，內皮鮮黃色，味苦，黏質。奇數羽狀複葉，有小葉五至十三片，小葉薄紙質或紙質，卵狀披針形或卵形，長六到十二公分，寬二點五至四點五公分，緣有細鈍齒和緣毛。花聚傘狀圓錐花序頂生；花小，花瓣紫綠色。漿果狀核果近球形，成熟時黑色，徑約一公分，有特殊香氣與苦味。種子半卵形，帶黑色，通常五粒。分布東北及華北。

澧水橋西小路斜，日高猶未到君家。
村園門巷多相似，處處春風枳殼花。

——雍陶〈城西訪友人別墅〉

枳殼枝條綠色而多刺，花於春季先葉開放，秋季黃果纍纍，可觀花果葉。春季開白花，繁花點點，蔚為大觀。雍陶〈城西訪友人別墅〉、朱慶餘〈商州王中丞留吃枳殼〉：「方物就中名最遠，只應愈疾味偏佳。若交盡乞人人與，采盡商山枳殼花。」

唐詩提到用枳殼樹作綠籬的篇章有多處，韓偓〈贈漁者〉「個儂居處近誅茅，枳棘籬兼用荻梢」和〈南安寓止〉「此地三年偶寄家，枳籬茅屋共桑麻」句。劉商〈曲水寺枳實〉：「枳實繞僧房，攀枝置藥囊。洞庭山上橘，霜落也應黃。」差不多也是綠籬了。

果實味酸苦，稱枳實，無法生食，白居易〈有木詩八首〉：「有木秋不凋，青青在江北。謂為洞庭橘，美人自移植。上受顧盼恩，下動澆灌力。實成乃是枳，臭苦不堪食。」

【識別特徵】

今名：枳殼

學名：*Poncirus trifoliata*（L.）Rafin.

科別：芸香科

落葉灌木或小喬木，高可達3公尺；枝綠色，分枝多，密生粗壯棘刺。葉為互生，三出複葉，小葉頂生者呈倒卵形至橢圓形，長三至五公分，寬一至三點五公分。花單生或成對著生，具有香味，腋生；花瓣色白五瓣。果實為柑果，球形，徑三至五公分，成熟時呈橙黃色，具毛茸。種子長橢圓形，長八至九公釐。各地均有栽培。

傷秋不是惜年華，別憶春風碧玉家。
強向衰叢見芳意，茱萸紅實似繁花。
——司空曙〈秋園〉

今名：山茱萸
學名：*Cornus officinalis* Sieb. *et* Zucc.
科別：山茱萸科

落葉灌木或小喬木，高四至七公尺。葉對生，紙質，卵狀橢圓形或卵形，長五至十二公分，寬約七點五公分。繖形花序腋生，先葉開花，有四個小型苞片，卵圓形，褐色，花黃色；花萼四裂，花瓣四瓣，黃色。核果橢圓形，成熟時紅色。種子長橢圓形，核骨質，狹橢圓形。產於山西、陝西、甘肅、山東、江蘇、浙江、安徽、江西、河南、湖南等省，北韓、日本。

山茱萸先開花後萌葉，秋季紅果纍纍，豔麗悅目，為秋冬季觀果佳品。司空曙〈秋園〉：「傷秋不是惜年華，別憶春風碧玉家。強向衰叢見芳意，茱萸紅實似繁花。」王維〈山茱萸〉：「朱實山下開，清香寒更發。幸與叢桂花，窗前向秋月。」張籍〈吳宮怨〉「茱萸滿宮紅實垂，春風裊裊生繁枝」，都說明山茱萸紅色果實的美觀。

茱萸有三種：山茱萸、食茱萸、吳茱萸。詩文中多以「綠萸」稱吳茱萸，或直稱吳茱萸；以「紫萸」稱食茱萸，並以「丹萸」或「紅萸」稱山茱萸。趙彥昭〈奉和九日幸臨渭亭登高應制〉：「紫菊宜新壽，丹萸辟舊邪。須陪長久宴，歲歲奉吹花。」「丹萸」就是山茱萸。

【識別特徵】

僧房逢著款冬花，出寺行吟日已斜。
十二街中春雪遍，馬蹄今去入誰家。

——張籍〈逢賈島〉

嚴冬時節如十月下旬至十二月下旬，冰天雪地之中，花尚未出土時採挖，簡稱冬花，就是止咳良藥「款冬花」。主產地在四川、青海、河南、陝西等地。

款冬不畏嚴寒獨傲冰霜，在冬末春初，積雪未化前盛開，花色黃豔。張籍〈逢賈島〉說明款冬花是在「春雪遍」時開放。李德裕〈憶藥欄〉：「野人清旦起，掃雪見蘭芽。始畎春泉人，惟愁暮景斜。未抽萱草葉，才發款冬花。誰念江潭老，中宵旅夢賒。」也是「掃雪見蘭芽」時，「才發款冬花」，表現不畏寒冬、敢於對抗惡勢力的情操，以物寓情。

【識別特徵】

今名：款冬

學名：*Tussilago farfara* L.

科別：菊科

多年生草本，高十至二十五公分。葉片寬心形或腎形，長七至十五公分，寬八至十公分，邊緣呈波狀疏鋸齒。頭狀花序頂生，邊緣舌狀花，鮮黃色；中央管狀花，兩性，先端五裂，裂片披針狀，雄蕊五枚。瘦果長橢圓形，具五至十縱棱，冠毛淡黃色。原產於中國、歐洲和非洲北部，日本也有生長。

天雨曼陀羅花深沒膝，
四十千珍珠瓔珞堆高樓。
此中怪特不可會，但慕刺使仁有餘。

——盧仝〈觀魚歌〉（節錄）

曼陀羅又叫洋金花、大喇叭花、山茄子等，全株包括根、莖、葉、花、種子皆有毒，尤其種子和花毒性最強。曼陀羅可使肌肉鬆弛，抑制汗腺分泌，所以古人將曼陀羅製成的藥取名為「蒙汗藥」。宋朝《扁鵲心書》：「人難忍艾火炙痛，服此（曼陀羅花等）即昏不知痛，亦不傷人。」明朝李時珍《本草綱目》記述「八月采此花，七月采火麻子花，陰乾，等分為末，熱酒調服三錢，少頃昏昏如醉。割瘡灸火，宜先服此，則不覺其苦也。」說明曼陀羅是作為麻醉藥使用。

曼陀羅具有很強的鎮靜效果，傳說華佗的麻醉方劑「麻沸散」中便含有曼陀羅的成分。

【識別特徵】

今名：曼陀羅

學名：*Datura stramonium* Linn.

Datura metel Linn.

科別：茄科

直立木質一年生草本，有時為亞灌木。葉互生，葉寬卵形，葉長十二至十八公分，葉緣具不規則的波狀且裂。花單生，直立，具短柄；花冠漏斗狀，白色至紫色，五淺裂，雄蕊五枚。蒴果，直立，卵狀，宿存萼截形，表面具堅硬針刺，成熟時為規則的四瓣裂，但常發生不規則的橫爆裂。種子卵圓形，稍扁，褐色。原產於印度，目前廣泛分布於世界溫帶至熱帶地區。

眼藏損傷來已久，病根牢固去應難。
醫師盡勸先停酒，道侶多教早罷官。
案上謾鋪龍樹論，盒中虛撚決明丸。
人間方藥應無益，爭得金篦試刮看。

——白居易〈眼疾二首〉（其二）

決明的主要藥效是治療眼疾，故名。白居易〈眼疾〉詩，醫生告誡要停止喝酒才能治好眼疾。白居易自述沒辦法戒酒，即使有良藥決明丸，眼疾始終沒治好。決明生命力極旺盛，常與其他植物爭奪營

養，因此被視為難以根除的野草。杜甫〈秋雨嘆〉可為決明的生態及形態習性作一註腳：「雨中白草秋爛死，階下決明顏色鮮。著葉滿枝翠羽蓋，開花無數黃金錢。涼風蕭蕭吹汝急，恐汝後時難獨立。堂上書生空白頭，臨風三嗅馨香泣。」

【識別特徵】

今名：決明

學名：*Catsia tora* Linn.

科別：蘇木科

一年生半灌木狀草本，高一至二公尺。羽狀複葉，小葉六片，倒卵形至倒卵狀長圓形，長二至六公分，寬一點五至二點五公分。花秋末開放，花通常二朵，腋生；花冠黃色；有孕雄蕊七枚。莢果線形，四稜柱形，長達十五公分，徑三至四公釐。種子多數，近菱形，淡褐色，有光澤。分布於廣西、廣東、福建、台灣、雲南、山東、河北、浙江、安徽，生於山坡或河邊的砂質土壤上。

鄜州驛路好馬來，長安藥肆黃蓍賤。
城鹽州，鹽州未城天子憂。
——白居易〈城鹽州美聖謨而誚邊將也〉（節錄）

黃耆擅長補中益氣、能補肺氣、利尿，故能消腫。

白居易自小體弱多病，中年之後更是與疾病為伍。可謂終其一生，無日不與病魔搏鬥，詩人經常將自己病情和用藥處方，寫成詩記錄下來，如〈齋居〉：「香火多相對，葷腥久不嘗。黃耆數匙粥，赤箭一甌湯。」詩中提到常服用的藥物，包括黃耆、赤箭等。黃耆應該是白居易經常使用的中藥，平常花在買藥的錢一定不少，有時會好容易才盼到低價藥材，如這首〈城鹽州美聖謨而誚邊將也〉所載：「鄜州驛路好馬來，長安藥肆黃蓍賤」。

【識別特徵】

今名：膜莢黃耆

學名：*Astragalus membranaceus*（Fisch.）Bge.

科別：蝶形花科

多年生草本，高五十至八十公分；莖直立，上部多分枝。單數羽狀複葉，互生，小葉六至十三對，小葉片橢圓形、長橢圓形或長卵圓形，長五至二十三公分，寬三至十公分，先端鈍尖。總狀花序腋生；花冠淡黃色。莢果膜質，膨脹，半卵圓形，長二至二點五公分，先端尖刺狀。種子五至六粒，黑色，腎形。分布於黑龍江、吉林、遼寧、河北、山東、山西、陝西、甘肅、內蒙古、青海、四川、西藏等地，生長於向陽山坡或灌叢邊緣，也見於河邊砂質地或平地草原。

春來眼暗少心情，點盡黃連尚未平。
唯得君書勝得藥，開緘未讀眼先明。

——白居易〈得錢舍人書問眼疾〉

黃連也是常用中藥，最早在《神農本草經》中有載，列為上品。因其根莖呈連珠狀而色黃，所以稱之為「黃連」。其味入口極苦，如俗語所說：「啞巴吃黃連，有苦說不出。」寒山〈詩三百三首〉「死惡黃連苦，生憐白蜜甜」和「黃連搵蒜醬，忘記是苦辛」句，即說明黃連味苦。

黃連用於目赤、口瘡，也是治療眼疾的要藥。白居易〈得錢舍人書問眼疾〉可知除了使用決明子治療眼疾，也用黃連。

【識別特徵】

今名：黃連

學名：*Coptis chinensis* Franch.

科別：毛茛科

多年生草本，高十五至二十五公分；根狀莖黃色。葉基生，無毛；葉片卵狀三角形，寬達十公分，三全裂，裂片再作羽狀深裂，深裂片四至五對。花頂生；二歧或多歧聚傘花序，花瓣線形或線狀拉針形，先端尖，中央有蜜槽；雄蕊多數；心皮八至十二。蓇葖果六至十二，具柄。種子七至八顆，褐色。分布於四川、貴州、湖北、陝西等地。

行過險棧出褒斜，出盡平川似到家。
萬里客愁今日散，馬前初見米囊花。

——雍陶〈西歸出斜谷〉

罌粟唐詩多稱米囊花，郭震〈米囊花〉：「開花空道勝於草，結實何曾濟得民。卻笑野田禾與黍，不聞弦管過青春。」不曾言及毒品危害，而是說明其藥用濟世功能。而錢起〈小園招隱〉「誰言北郭貧，能分晏罌粟」則說窮苦人家煮罌粟種子當飯吃。罌粟花大而色豔，是良好的庭園觀賞植物，唐詩也有詩篇言及其觀賞用途，如雍陶〈西歸出斜谷〉和張祜〈江南雜題二十八首〉「碧抽書帶草，紅節米囊花」詩句。

罌粟的原產地是西亞地區，六朝時已傳入中國，但當時種植並不廣泛。至唐朝時還作為貢品從國外進貢，與此同時，罌粟的種子也由阿拉伯商人攜入中國，部分地區也開始種植。不過當時種植罌粟純粹是為了觀賞和藥用，而不是當成毒品吸食。

【識別特徵】

今名：罌粟
學名：*Papaver somniferum* L.
科別：罌粟科
二年生草本；全株粉綠色。葉長橢圓形，抱莖而生；基生葉通常蓮座狀，莖生葉互生，稀上部對生或近輪生狀，全緣或分裂，有時具卷鬚。花大型而豔麗，有紅、紫、白色；萼片二早落。果爲蒴果，瓣裂或頂孔開裂，內有眾多種子。種子細小，球形、卵圓形或近腎形。原產於小亞細亞、印度、亞美尼亞和伊朗，中國部分地區藥物種植場有少量栽培，多為藥用。

麥死春不雨，禾損秋早霜。
歲晏無口食，田中採地黃。
採之將何用，持以易糇糧。

——白居易〈採地黃者〉（節錄）

地黃因其地下塊根為黃白色而得名，根部為傳統中藥，最早出於《神農本草經》。依照炮製方法在藥材上分為：鮮地黃、乾地黃與熟地黃，藥性和功效差異很大。新鮮地黃稱為鮮地黃或鮮生地，有清熱涼血、生津潤燥之效；經乾燥後的地黃稱為乾地黃或乾生地，為滋陰清熱、涼血補血之藥；與良酒、砂仁拌炒，並經九次蒸、晒而得的地黃，稱為熟地黃或熟地，作補血滋潤、益精填髓之用，為補益藥。

由於地黃種子細小而多，可四處飛散，華北黃土高原開闊區域處處有之，有時生長在屋頂瓦片空隙。每遇苦旱或霜害，莊稼死亡，農地無收成，此時只能挖取田中或荒野之地黃換取糧食。白居易〈採地黃者〉正是敘述此事，句中之「糇糧」是乾的糧食。

【識別特徵】

今名：地黃

學名：*Rehmannia glutinosa*（Gaert.）Libosch.ex Fisch. *et* Mey.

科別：玄參科

多年生草本，高十至三十公分；莖紫紅色，密被灰白色多細胞長柔毛和腺毛。葉通常在莖基部集成蓮座狀，向上則逐漸縮小而在莖上互生，葉片卵形至長橢圓形，長二至十三公分，寬一至六公分，邊緣具不規則圓齒或鈍鋸齒以至牙齒。花在莖頂部略排列成總狀花序；花冠筒外面紫紅色。蒴果卵形至長卵形，長一至一點五公分。分布於遼寧、河北、河南、山東、山西、陝西、甘肅、內蒙古、江蘇、湖北等省區。

前年槿籬故，新作藥欄成。
香草為君子，名花是長卿。

——王維〈春過賀遂員外藥園〉（節錄）

徐長卿之藥名出自《神農本草經》、《唐本草》：「徐長卿，葉似柳，兩葉相當，有光潤，所在川澤有之。」根如綱辛，微粗長而高服氣。徐長卿原是古代鄉間醫生的名字，由於善於應用一種草藥治療精神失常的疾病，這種草藥就被稱作「徐長卿」。《神農本草經》以下，《別錄》、《生草藥性備要》、《嶺南採藥錄》，以至於《本草綱目》，都收錄有本劑藥材，作用部分是全草及根。徐長卿這味中藥現今被列為祛風濕藥，也是民俗醫藥十分鍾愛的止痛祛風除濕和解蛇毒之要藥，一直被廣泛使用。

徐長卿葉片披針形至線形，上面深綠色，下淡綠色。《救荒本草》稱「尖刀兒苗」，說「生密縣梁家衡山野中，苗高二三尺，葉似細柳葉，更又細長而尖，

葉皆兩兩插莖而生，葉間開淡黃花」，荒年時是解饑之物，「採葉煠熟，水淘洗淨，油鹽調食」。除了藥用、救荒，唐人亦栽植在花園中供觀賞用，見王維〈春過賀遂員外藥園〉詩。

【識別特徵】

今名：徐長卿

學名：*Cynanchum paniculatum*（Bunge）Kitagawa

科別：蘿藦科

多年生直立草本，高達一公尺。葉對生，葉片披針形至線形，長五至十四公分，寬三至十五公釐；無柄。圓錐聚繖花序，生近頂端葉腋；花冠黃綠色，五深裂，廣卵形；副花冠五，黃色，肉質，腎形；雄蕊五枚；雌蕊一枚，花柱二枚，柱頭五角形。蓇葖果呈角狀，單生長約六公分，表面淡褐色。種子多數，卵形而扁，暗褐色，先端有一簇白色細長毛。主產於江蘇、浙江、安徽、山東。

巳公茅屋下，可以賦新詩。
枕簟入林僻，茶瓜留客遲。
江蓮搖白羽，天棘夢青絲。
空忝許詢輩，難酬支遁詞。

——杜甫〈巳上人茅齋〉

天門冬又稱天虋冬、天冬、天棘等。李時珍《本草綱目》：「草之茂者為虋，俗作門，此草蔓茂，而功同麥虋冬，故曰天虋冬。」藥用部分為其長圓紡錘形的塊根。表面黃白

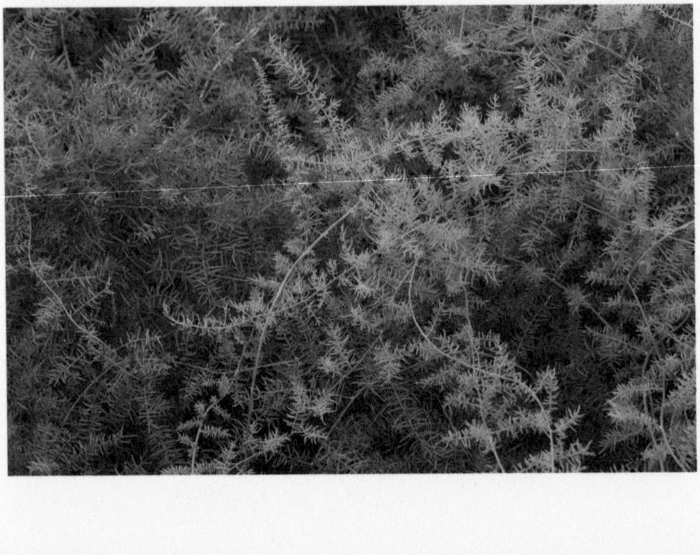

色或淺黃棕色，呈油潤半透明狀。具有養陰生津、清火潤燥、祛痰止咳、利尿解熱之功效，為治療肺腎虛熱之要藥。外用治瘡瘍腫癤，蟲蛇毒傷。

藥用之外，天門冬可供觀賞之用：植株常綠，主莖藤蔓狀纏繞，上被逆短鉤刺，可攀緣至高處，故又名天棘，如杜甫〈巳上人茅齋〉。天門冬外型秀雅，葉狀枝一般每三枚成簇，淡綠色腋生花朵，漿果熟時紅色，近代常被種在斜坡作為綠美化植栽。

【識別特徵】

今名：天門冬

學名：*Asparagus cochinchinensis*（Lour.）Merr.
Asparagus lucidus Lindley

科別：百合科

攀緣性多年生藤本；地下有橢圓形塊根，肉質，長橢圓形或紡錘形。葉狀枝二到五枚束生葉腋，線形，扁平，先端銳尖，長一至一點五公分，寬〇點一公分。葉退化為鱗片，常變為逆短鉤刺。花一至四朵簇生於葉腋，花白色或黃白色。漿果圓形，徑約〇點八公分，熟時鮮紅色，內有黑褐色種子一枚。分布於華中、西北、長江流域及南方各地，也見於琉球，日本。

愛君紫閣峰前好，新作書堂藥灶成。
見欲移居相近住，有田多與種黃精。

——張籍〈寄王侍御〉

晉朝葛洪《抱朴子》：「昔人以本品得坤土之氣，獲天地之精，故名。」《博物志》：「太陽之草曰黃精，餌之可以長生。」所以黃精亦名「太陽草」。自古視黃精為防老抗衰、延年益壽的珍貴中藥。《日華諸家本草》：「黃精單服，九蒸九曝，食之駐顏斷谷。」韋應物〈餌黃精〉：「靈藥出西山，服食采其根。九蒸換凡骨，經著上世言。」

在中醫學上，《本草綱目》說黃精能「補諸虛，止寒熱，填精髓」。歷代詩文都給予黃精極高的評價，岑參〈贈西岳山人李岡〉：「君隱處，當一星。蓮花峰頭飯黃精，仙人掌上演丹經。鳥可到，人莫攀，隱

來十年不下山。袖中短書為誰達，華陰道士賣藥還。」杜甫〈丈人山〉「掃除白髮黃精在，君看他年冰雪容」言黃精奇效。

【識別特徵】

今名：黃精

學名：*Polygonatum sibiricum* Delar. *ex* Redoute

科別：百合科

多年生草本，莖高五十至九十公分。葉輪生，每輪四至六枚，條狀披針形，長八至十五公分，寬〇點六至一點六公分。花腋生，下垂，花被乳白色至淡黃色。漿果球形，直徑〇點七至一公分，成熟時紫黑色。分布於西伯利亞、蒙古、北韓以及中國的山西、河北、安徽、黑龍江、河南、遼寧、內蒙古、陝西、山東、浙江、吉林、甘肅、寧夏等地。

清溪一道穿桃李，演漾綠蒲涵白芷。
溪上人家凡幾家，落花半落東流水。
蹴踘屢過飛鳥上，鞦韆競出垂楊裡。
少年分日作遨遊，不用清明兼上巳。

——王維〈寒食城東即事〉

白芷又名芷、芳、苻蘺、白茝等，是《楚辭》出現篇章最多的香草。唐詩也大都以香草之意涵出現，可見唐代詩人受到《楚辭》的影響很大。王維〈寒食城東即事〉、錢起〈送李評事赴潭州使幕〉「湖南遠去有餘情，蘋葉出齊白芷生」，可見白芷都是刻意栽種的香草。劉禹錫〈送韋秀才道衡赴制舉〉「逐客無印綬，楚江多蘭芷」和〈送王師魯協律赴湖南使幕〉「楚水多蘭芷，何人事搴芳」，詩句中的「蘭芷」，指的是澤蘭和白芷，也是《楚辭》出現最多的香草配對。

【識別特徵】

今名：白芷

學名：*Angelica dahurica*（Fisch. ex Hoffm.）*Benth. et Hook.f. ex Franch. et Sav*）

科別：繖形科

多年生高大草本，高一至二點五公尺，全株有濃烈氣味。基生葉一回羽狀分裂，莖上部葉二至三回羽狀分裂，末回裂片邊緣有不規則的白色軟骨質粗鋸齒，具短尖頭。複繖形花序頂生或側生；花白色。果實長圓形至卵圓形，黃棕色，近海綿質，側棱翅狀。分布東北及華北等地，生長於海拔兩百到一千五百公尺的地區，一般生於林下、林緣、溪旁、灌叢和山谷草地。

第十四章 田園野趣

唐山水田園詩產生的背景

唐朝開國後幾十年間，政治安定，經濟繁榮，國力發展很快，達到「貞觀之治」的局面，創造出寫作山水田園詩的物質條件。隨著財富的積累、物質條件的優渥，許多士人有財力四海遠遊，遍覽各地名勝山水。同時，由於唐時佛道思想流行，佛家的淨心明性境界和道家崇尚自然的心性追求，為詩人提供心靈的基礎，在社會上形成嚮往自然、追求超然心性的風氣。描寫山水田園的詩作也隨之興盛，詩人以記述山川的壯麗抒發胸中豪情，以描寫田園閒適來表現心靈的靜懿之美。由於唐代取士重視聲名，部分求仕的士人常常走所謂的「終南捷徑」，假隱居真求官，由隱而仕。文人在登山臨水或寄傲山水的生活歷程中，有更多機會接觸自然，因而產生大量的山水田園詩篇。其中，姚合、白居易、李商隱、杜牧、張籍、李白、汪遵、韓愈、于鵠、劉禹錫、王維、孟浩然、劉長卿、韋應物、

柳宗元等，都是擅長描寫自然風光、農村的田園詩人。

唐田園詩的代表植物

用植物寫景、寄寓心情是文學作品常用的方法，詩文中常描述詩人生活周遭出現的植物，成為文字內容的一部分，唐詩也經常使用之。縱觀唐詩，描述田

園生活的植物大多是農地栽培植物：包括五穀（麥、黍、粟、稻）、蕎麥、瓜、豆、麻，蔬菜（菘、韭、芥、莧），桑、柘等。描繪自然山水的植物，則多平野及山坡地生長的野生喬木，如松、柏、槲、榆、朴樹等，和野生灌木，如杜鵑、山樊、冬青等。也有水澤地常呈大面積生長的水毛花（薠）、田字草（蘋）、蒯草、荇菜等。本書選擇《全唐詩》中，田園野趣詩篇的代表植物：蒺藜、紅蓼、茅、蒲、蘆葦、莎草、蓑草、浮萍、蘋、苔、蘚等，都是唐詩用來描繪自然景物、展現心情及寄寓之植物種類。

我倉常空虛，我田生蒺藜。
上天不雨粟，何由活蒸黎。

——姚合〈莊居野行〉（節錄）

蒺藜的果實有刺，田野開闊處、廢耕地、海濱砂地、荒丘的乾旱地會長滿蒺藜，如引詩所說。白居易〈夏旱〉：「惘然望歲者，出門何所睹。但見棘與茨，羅生遍場圃。」描寫兵災頻繁、動盪社會的鄉村田野，倉庫沒糧、園圃荒蕪、田中長蒺藜的悲慘氛圍。古代農民及一般居民沒有鞋子穿，多赤足行走農地野原，常遭蒺藜果刺刺傷，蒺藜因而成為令人痛恨的植物，常被文人比喻成不祥或凶傷的惡草。《楚辭》用蒺藜引喻小人，〈七諫·怨思〉「蒺藜蔓乎東廂」和〈九嘆·思古〉「蒺刺樹於中庭」都是。

王維〈老將行〉「虜騎崩騰畏蒺藜」指鐵製或木製蒺藜果實形狀的刺球「鐵蒺藜」，放置地面，用於防衛人馬任意踐踏跨越，也是源自古人對蒺藜惡草的痛苦經驗。詩意為胡人懼怕漢軍所設置的鐵蒺藜，軍隊崩潰而散。

【識別特徵】

今名：蒺藜

科別：蒺藜科

學名：*Tribulus terrestris* L.

一年生蔓狀草本，莖平臥地面。偶數羽狀複葉，葉對生，小葉三至八對，一長一短；長葉長三至五公分，寬一點五至二公分；短葉長一至二公分。花單生於短葉的葉腋，金黃色，徑約一公分；雄蕊十枚，花瓣五瓣；子房五室。果由五個呈星狀排列的分果組成，徑約一公分，每個果瓣各有長短棘刺一對。分布於全世界熱帶、亞熱帶及溫帶地區，生於海濱、荒地及路旁。

秋波紅蓼水，夕照青蕪岸。
獨信馬蹄行，曲江池四畔。

——白居易〈曲江早秋〉（節錄）

紅蓼生於溝邊、河川兩岸草地或沼澤潮濕處。白居易〈湓浦早冬〉：「當陽孟冬月，草木未全衰……蓼花始零落，蒲葉稍離披。」描述早冬零落的紅蓼稱「蓼花」。許多古文獻稱紅蓼為「水葒」，唐詩也有不少，李賀〈湖中曲〉：「長眉越沙采蘭若，桂葉水葒春漠漠。橫船醉眠白晝閒，渡口梅風歌扇薄。」張祜〈經舊遊〉：「去年來送行人處，依舊蟲聲古岸南。斜日照溪雲影斷，水葒花穗倒空潭。」

紅蓼植株高大茂盛，花密而紅豔，極其美觀，具強烈秋天的代表性。唐詩有多首詩篇用紅蓼描述秋季，如白居易〈曲江早秋〉，以及〈東坡秋意寄元八〉：「秋池少遊客，唯我與君俱。啼蛩隱紅蓼，瘦馬踏青蕪。」薛昭蘊〈浣溪沙．紅蓼渡頭秋正雨〉「紅蓼渡頭秋正雨，印沙鷗蹟自成行」、杜牧〈歙州盧中丞見惠名醞〉「猶念悲秋更分賜，夾溪紅蓼映風蒲」等皆是。

【識別特徵】

今名：紅蓼

學名：*Polygonum orientale* Linn.

科別：蓼科

多年生挺水草本，莖直立，粗壯，高一百至一百八十公分。葉互生，寬卵形、寬橢圓形或卵狀披針形，長十至二十公分，寬六至八公分，頂端漸尖，基部圓形或近心形。總狀花序呈穗狀，微下垂，長三至七公分；花粉紅色，花被五深裂，淡紅色或白色；雄蕊七枚。瘦果扁圓形。除西藏外，廣布於中國各地。生長於溝邊濕地、村邊路旁。

蕭蕭山路窮秋雨，淅淅溪風一岸蒲。
為問寒沙新到雁，來時還下杜陵無。

——杜牧〈秋浦途中〉

香蒲為濕生植物，喜潮濕多水之地，常見於溝邊塘邊、山谷溪畔、農村聚落、水塘湖泊、沿岸水淺之處，常分布成片。貫休〈春晚書山家屋壁〉：「水香塘黑蒲森森，鴛鴦鸂鶒如家禽。前村後壟桑柘深，東鄰西舍無相侵。蠶娘洗繭前溪淥，牧童吹笛和衣浴。山翁留我宿又宿，笑指西坡瓜豆熟。」好一幅溫馨農村寫真。王建〈汴路水驛〉：「晚泊水邊驛，柳塘初起風。蛙鳴蒲葉下，魚入稻花中。去捨已雲遠，問程猶向東。近來多怨別，不與少年同。」香蒲群落下的蛙鳴，活絡鄉村的靜謐。杜甫〈哀江頭〉「江頭宮殿鎖千門，細柳新蒲為誰綠」就有些傷感了。

【識別特徵】

今名：香蒲

學名：*Typha latifolia* L.

科別：香蒲科

多年生挺水澤生草本，高七十至一百五十公分。葉線形，長五十至一百公分，寬約一公分，向頂端漸尖，遠軸端中凸，葉基部有長鞘包圍莖部。圓柱形之穗狀花序；雌雄花緊密相連接，雄花在上，長三至四公分，雌花在下，長七至九公分。瘦果，有毛。分布於東北、華北、華中、華南各省，常見於溪床、廢魚池、水稻田、沼澤、海岸濕地。

南塘水深蘆筍齊，下田種稻不作畦。
耕場磷磷在水底，短衣半染蘆中泥。

——張籍〈江村〉（節錄）

蘆葦是濕地中生長的主要植物，由於葉、葉鞘、莖、根狀莖和不定根都具有通氣組織，所以可淨化污水。蘆葦常生長在池緣湖岸，司空曙〈江村即事〉：「釣罷歸來不繫船，江村月落正堪眠。縱然一夜風吹去，只在蘆花淺水邊。」蘆葦也常與柳樹混生在湖邊河岸，許渾〈咸陽城西樓晚眺〉：「一上高城萬里愁，蒹葭楊柳似汀洲。溪雲初起日沉閣，山雨欲來風滿樓。」蘆葦莖稈直立，植株高大，迎風搖曳，野趣橫生。

在中國文學作品中，從《詩經》、《楚辭》開始，經唐詩、宋詞、元曲，直至近代的小說歌賦，吟詠蘆葦的詩句及文辭，可謂不勝枚舉。《水滸傳》描述梁山泊：「只見對過蘆葦泊裡，三五個小嘍囉搖著一隻快船過來……」梁山泊為水澤地，是標準的蘆葦生育地。

【識別特徵】

今名：蘆葦

學名：*Phragmites communis*（L.）Trin.

Phragmites australis（*Cav.*）*Trin. ex Steud*

科別：禾本科

多年生高大禾草，稈高三至四公尺，稈中空有節。葉片扁平，長十五至四十五公分，寬一至三公分，線形。大型圓錐花序；小穗通常具四至七小花，長約一點四公分，第一小花常為雄花；穎及外稃三脈，基盤有長絲狀毛；兩性花雄蕊三枚，雌蕊一枚，花柱二枚，柱頭羽狀，花紫色。穎果，披針形。廣泛分布於北半球，常生在沼澤地、水池邊及河岸旁等濕地或淺水。

棹月眠流處處通，綠蓑葦帶混元風。
靈均說盡孤高事，全與逍遙意不同。

——汪遵〈漁父〉

唐詩出現「蓑」的詩篇，大多指蓑草製品如「蓑衣」或「蓑笠」。劉禹錫〈插田歌〉：「岡頭花草齊，燕子東西飛。田塍望如線，白水光參差。農婦白紵裙，農父綠蓑衣。齊唱郢中歌，嚶嚀如竹枝。」種田的男人穿著新製的蓑衣，對照穿白紵裙的農婦。王建〈水夫謠〉：「夜寒衣濕披短蓑，臆穿足裂忍痛何。到明辛苦無處說，齊聲騰踏牽船歌。」描寫披著短蓑衣挨凍忍痛辛勤拉船的船伕。汪遵〈漁父〉：「棹月眠流處處通，綠蓑葦帶混元風。靈均說盡孤高事，全與逍遙意不同。」則是穿著綠蓑衣四處為家的漁父。以上都是與「蓑衣」有關的詩句。柳宗元〈江雪〉：「千山鳥飛絕，萬徑人蹤滅。孤舟蓑笠翁，獨釣寒江雪。」描述的是戴著蓑笠的長者。

【識別特徵】

今名：龍鬚草

學名：*Juncus effuses L.*

科別：燈心草科

多年生草本，高達五十公分；稈直立，為圓柱形，內充滿乳白色的輕髓，叢生。莖青綠色，線形，表面有凸起的條紋。葉退化，芒刺狀，植株下部有鱗狀鞘葉。花序側生，成簇狀，繖形或複聚繖形，有短柄。瘦果長橢圓形，內含多數種子。生長於潮濕地、河灘及沼澤邊緣腐植質豐富的地區。分布於江蘇、安徽、浙江、湖南、四川等地。

獨往南塘上，秋晨景氣醒。
露排四岸草，風約半池萍。
鳥下見人寂，魚來聞餌馨。
所嗟無可召，不得倒吾瓶。

——韓愈〈獨釣四首〉（其三）

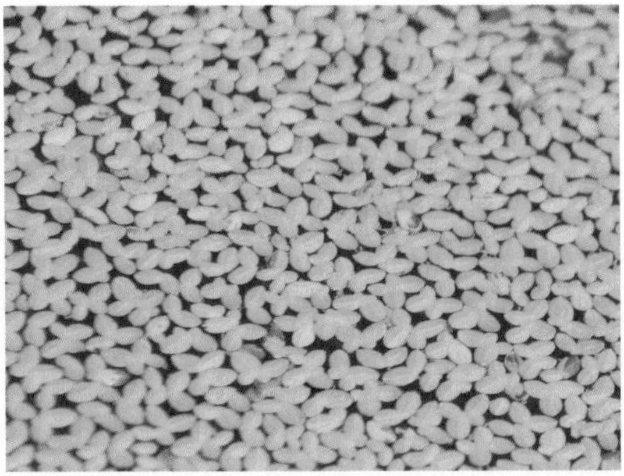

唐詩中常用浮萍描寫村景，杜牧〈齊安郡後池絕句〉：「菱透浮萍綠錦池，夏鶯千囀弄薔薇。盡日無人看微雨，鴛鴦相對浴紅衣。」詩中的菱、浮萍、薔薇和夏鶯、鴛鴦等，構成一幅農村圖。韓愈〈題張十八所居〉：「君居泥溝上，溝濁萍青青。蛙讙橋未掃，蟬嘒門常扃。」說到村落的泥溝中，點綴片片浮萍。韓愈另一首〈青青水中蒲〉：「青青水中蒲，長在水中居。寄語浮萍草，相隨我不知。」記述水塘中到處漂浮的浮萍，伴隨著矗立的香蒲，一動配一靜，詩人寓物寄情的企圖，不言而喻。

浮萍根極短，無法固定在土中，只能飄浮在水面上，隨波逐流。因此，歷代詩文都會用浮萍來形容飄泊不定的人或事。李咸用〈和人湘中作〉：「年華蒲柳凋衰鬢，身跡萍蓬滯別鄉。不及東流趨廣漢，臣心日夜與天長。」用浪跡萍蓬來表示自己居無定所。

【識別特徵】

今名：青萍

學名：*Lemna aequinoctialis* Welwitsch
Lemn minor Linn.

科別：浮萍科

一年或多年生浮水草本。植物體小，為葉狀體，常二至四成一群，卵形或橢圓形，長五至七公釐，寬二點五至三公釐，黃綠色，根一條。主要以不定芽行無性繁殖。雌雄同株。花序中具佛焰苞，具一或二雄花及一雌花。果實為胞果，無翅，近陀螺狀，種子具凸出的胚乳並具十二至十五條縱肋。

百畝庭中半是苔，桃花淨盡菜花開。
種桃道士歸何處？前度劉郎今又來。

——劉禹錫〈再遊玄都觀〉

苔類和蘚類的中文名稱，所指的植物類別，長久以來有很大的爭論。唐代及以後的詩文，苔蘚二字常相提並用及互相代用，代表的都是苔蘚類的植物，並未嚴格區分。李賀〈南山田中行〉：「秋野明，秋風白，塘水漻漻蟲嘖嘖。雲根苔蘚山上石，冷紅泣露嬌啼色。」而「苔」字使用的次數遠比「蘚」字要多。《全唐詩》有一千兩百四十八首提到苔，只有兩百九十六首提到蘚。王維〈鹿柴〉：「空山不見人，但聞人語響。返景入深林，復照青苔上。」劉長卿〈酬李穆見寄〉：「孤舟相訪至天涯，萬轉雲山路更賒。欲掃柴門迎遠客，青苔黃葉滿貧家。」韓偓〈效崔國輔體四首〉（其三）：「雨後碧苔院，霜來紅葉樓。閒階上斜日，鸚鵡伴人愁。」等詩皆是。

【識別特徵】

今名：地錢

學名：*Marchantia polymorpha* L.

科別：地錢科

配子體為扁平的葉狀體，有背腹之分，闊帶狀；二歧分叉，淡綠色或深綠色，長五至十公分，寬一至二公分，邊緣呈波曲狀，多交織成片生長。根由單細胞組成的假根。雌雄異株；雄托圓盤狀，淺裂成七至八個瓣，托柄長約二公分；雌托扁平，深裂成九至十一指狀瓣，托柄長約六公分。分布於全中國，多生於陰濕土坡、岩石、路邊及住宅附近。

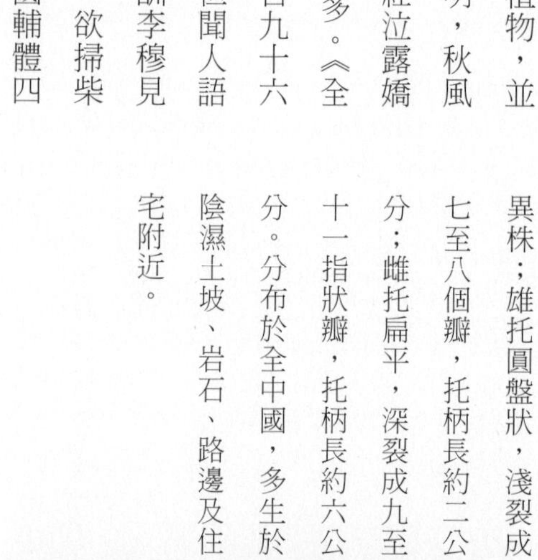

出城煙火少，況復是今朝。
閒坐將誰語，臨觴只自謠。
階前春蘚遍，衣上落花飄。
妓樂州人戲，使君心寂寥。

——張籍〈寒食書事二首〉（其二）

古人「苔」、「蘚」不分，混合並用，「蘚」單獨出現的情形不多。唐詩中，有很多「苔蘚」一同出現的詩句，如司馬圖「石闕莫教蘚苔上」、韋應物「石如鼓形數止十，風雨缺訛苔蘚澀」、杜甫「苔蘚山門古」和韓愈〈石鼓歌〉「剜苔剔蘚露節角，安置妥帖平不頗」等都是苔蘚並提，僅韓愈〈答張徹〉「磴蘚澾拳跼」等少數詩句單單提到蘚。

蘚有綠蘚、蒼蘚、紅蘚等。劉商〈畫石〉：「蒼蘚千年粉繪傳，堅貞一片色猶全。那知忽遇非常用，不把分銖補上天。」是蒼蘚。楊巨源〈秋日韋少府廳石上詠石〉：「主人得幽石，日覺公堂清。一片池上色，孤峰雲外情。舊溪紅蘚在，秋水綠痕生。何必澄湖徹，移來有令名。」是紅蘚。

【識別特徵】

今名：銀葉真蘚

學名：*Bryum argenteum* Hedw.

科別：真蘚科

植物體小形，灰綠色，密集叢生成片。莖長約一公分，基部有紫紅色假根。葉緊密覆瓦狀排列，闊卵形，長約〇點一公分，全緣，常內曲，中肋粗。蒴柄紅色，長約一公分，頂端彎曲成弓形；孢蒴長梨形，下垂，紫紅色，蒴蓋圓錐形。世界廣布種，常見於田邊，住宅附近、山坡、石面等。

【學名索引

D E F

O P Q

R S T

U V W Z

【主要參考文獻

（依書名／作者／年代／出版社排序）

*中國花經／陳俊愉、程緒珂主編／1990／上海文化出版社

*中國植物志（80卷126冊）／吳征鎰等／1959-2004／北京科學出版社

*中國資源植物／朱太平、劉亮、朱明／2007／北京科學出版社

*中國農學遺產選集．常綠果樹（上）／葉靜淵主編／1991／中國農業出版社

*中國農學遺產選集．落葉果樹（上）／葉靜淵主編／2002／中國農業出版社

*中華史．安史之亂／易中天／2016／浙江文藝出版社

*公孫策說唐詩故事／公孫策／2003／商周出版

*太平御覽（1994年排印本）／李昉／宋／河北教育出版社

*太平廣記（1980年排印本）／李昉／宋／古新書局

*古今圖書集成．草木典（雍正銅活字排印本1999年影印本）／陳夢雷／清／上海文藝出版社

*史記（1959年排印本）／司馬遷／西漢／北京中華書局

*全唐詩名物詞研究／閻豔／2004／巴蜀書社

*全唐詩典故辭典增訂版（上下冊）／范之麟、吳庚舜主編／2001／湖北辭書出版社

*酉陽雜俎（1983年排印本）／段成式／唐／漢京文化事業有限公司

*事物異名分類詞典／鄭恢主編／2003／黑龍江人民出版社

*初學記（上下）（1962年排印本）／徐堅等人／唐／北京中華書局

*原編全唐詩（全八冊）（1977年影印本）／彭定求／清／復興書局

*原編全唐詩（全二十五冊）（2013年排印本）／彭定求／清／北京中華書局

*唐代的外來文明／Edward Schafer 原著、吳玉貴譯／2005／陝西師範大學出版社

*唐代的鄉愁／師永濤／2016／遠流出版社

*唐朝入仕生存指南／石繼航／2016／廣東人民出版社

*唐會要（全二冊）（2006年排印本）／王溥／宋／上海古籍出版社

*唐詩大辭典／周勛初主編／2003／鳳凰出版社

*唐詩故事／曲德來、姜波、杜新光／2000／瀋陽出版社

*唐詩故事／陸家驤／1980／正中出版社

*唐詩故事集（一二三四集）／王曙／1994／大行出版社

*唐詩故事集續集（一二三四集）／王曙／1994／大行出版社

*唐詩研究／胡雲翼／1967／華聯出版社

*唐詩紀事（全二冊）（2009年排印本）／計有功／宋／上海古籍出版社

*唐詩與民俗關係研究／趙睿才／2008／上海古籍出版社

*唐詩樂遊園／張曼娟、黃羿璘／2013／天下文化出版股份有限公司

*植物古漢名圖考／高明乾、盧龍門主編／2016／大象出版社

*植物名實圖考（上下）（1960年排印本）／吳其濬／清／世界書局

*植物名實圖考長篇（上下）（1964年排印本）／吳其濬／清／世界書局

*新唐書（全二十冊）（1975年排印本）／歐陽修／宋／北京中華書局

*新編拉漢英植物名稱／中國科學院植物研究所／1996／航空工業出版社

*資治通鑑（1976年排印本）／司馬光／宋／北京中華書局

*齊民要術今釋／石聲漢／2009／北京中華書局

*廣群芳譜（清康熙四十七年佩文齋索引本）（1980年影印及編輯本）汪灝等人／清／新文豐出版公司

*歷代邊塞詩詞選析／盧冀寧、汪維懋／1997／軍事誼文出版社

*舊唐書（全十六冊）（2012年排印本）／劉昫等人／後晉／北京中華書局

*藝文類聚（1965年排印本）／歐陽詢／唐／上海古籍出版社

*辭海（第八版）／中華書局辭海編輯委員會／1995／中華書局

《全唐詩植物學》YN4015

作　　者　潘富俊
選書主編　謝宜英
特約責編　陳以音
校　　對　潘富俊、陳以音、謝宜英
美術設計　吳文綺
行銷業務　鄭詠文、陳昱甄
總 編 輯　謝宜英
出 版 者　貓頭鷹出版
發 行 人　涂玉雲
發　　行　英屬蓋曼群島商家庭傳媒股份有限公司城邦分公司
104 台北市中山區民生東路二段 141 號 11 樓
城邦讀書花園：www.cite.com.tw
購書服務信箱：service@readingclub.com.tw
購書服務專線：02-25007718 ～ 9；24 小時傳真專線：02-25001990 ～ 1
香港發行所　電話：852-28778606 ／傳真：852-25789337
馬新發行所　電話：603-90563833 ／傳真：603-90576622

印　　製　中原造像股份有限公司
初　　版　2018 年 6 月
二　　刷　2020 年 3 月
定　　價　新台幣 480 元／港幣 160 元
ISBN 978-986-262-351-0

讀者意見信箱　owl@cph.com.tw
投稿信箱 owl.book@gmail.com
貓頭鷹知識網　http://www.owls.tw
貓頭鷹臉書 facebook.com/owlpublishing/
【大量採購，請洽專線】 (02)2500-1919

國家圖書館出版品預行編目 (CIP) 資料

全唐詩植物學 / 潘富俊著 . -- 初版 . -- 臺北市：貓頭鷹出版：家庭傳媒城邦分公司發行，2018.06
面；　公分
ISBN 978-986-262-351-0(平裝)

1. 唐詩 2. 研究考訂 3. 植物圖鑑

820.9104　　107006014